最美的诗词故事大全集

周成龙 主编

第四卷

时代文艺出版社

目　录

万古唯留楚客悲：诗词中的怀古故事

最美的诗词故事大全集

目录

万古唯留楚客悲

诗词中的怀古故事

楚灭无英图，汉兴有成功
——汉高祖刘邦

登广武古战场怀古

李白

秦鹿奔野草，逐之若飞蓬。

项王气盖世，紫电明双瞳。

呼吸八千人，横行起江东。

赤精斩白帝，叱咤入关中。

两龙不并跃，五纬与天同。

楚灭无英图，汉兴有成功。

按剑清八极，归酣歌大风。

伊昔临广武，连兵决雌雄。

分我一杯羹，太皇乃汝翁。

战争有古迹，壁垒颓层穹。

猛虎啸洞壑，饥鹰鸣秋空。

翔云列晓阵，杀气赫长虹。

拨乱属豪圣，俗儒安可通。

沉湎呼竖子，狂言非至公。

抚掌黄河曲，嗤嗤阮嗣宗。

这首诗是李白途经广武时所作。李白登广武山，面对古迹，追怀往事，以豪放的笔调，讴歌了汉高祖刘邦。

刘邦（前247－前195），是西汉开国皇帝，字季。秦朝泗水郡沛县（今江苏沛县）。公元前202年称帝，在位七年，谥号高祖皇帝。

高祖出身农家，早年当过亭长，为人豁达大度，不事生产。曾在咸阳服徭役。秦末，为沛县泗水亭长。送本县刑徒往骊山，因途中一些刑徒陆续逃亡，就释放其余刑徒，自匿于芒、砀山泽间。

秦二世元年（前209）七月，陈胜吴广起义反秦。是年九月，受萧何、曹参等拥戴，聚众沛县反秦，称沛公，聚兵3000人。第二年四月，投项梁，屡与项羽协同作战。项梁死，刘邦被封为武安侯、砀郡长。后九月，奉令收集陈胜、项梁散卒西向攻秦。仅率数千人自砀郡出发，转战半年，兵始逾万。三年七月，克宛城。自此攻抚兼施，顺利挺进至灞上。汉王元年（前206）十月入咸阳，灭秦。当项羽率领起义军和秦军主力决战巨鹿时，刘邦受楚怀王（熊心）的派遣，带领所部向关中挺进。他迫降宛城，攻占武关，于公元前206年十月进抵灞上。秦王子婴投降，秦朝灭亡。刘邦废秦苛法，与关中父老约法三章："杀人者死，伤人及盗抵罪。"并分兵把关，欲为关中王。因此受到人民的欢迎。

项羽击溃秦军主力后，也引兵入关。听说刘邦已定关中，项羽大怒，进驻鸿门，欲攻刘邦。十二月，见项羽拥40万大军入关，虑及实力悬殊，乃委曲求全，听从张良的意见，亲至鸿门（今临潼东北）谢过，项羽谋士范增策划在宴会上刺杀刘邦未成，此是谓历史上著名的"鸿门宴"。

此后，项羽自封西楚霸王，封刘邦为汉王，统治巴蜀地及汉中一带。刘邦不甘心亡秦的胜利果实被项羽独占，率军东出，八月，回兵复取关中。二年三月，进至洛阳，声讨项羽杀害楚怀王之罪，发动楚汉战争。四月，大败于彭城。其后，亲率主力扼守战略要地荥阳、成皋，与项羽抗争两年余，最终迫使项羽订鸿沟之盟。五年十二月，围歼楚军于垓下，统一天下。二月即皇帝位于定陶汜水北，建立汉朝。

刘邦原只是个市井无赖，平时好吃懒做，爱说大话，贪酒好色，常借钱不还。但当秦末大乱之际，刘邦奋起草莽，提三尺剑取天下，成为中国历史上第一个起于社会下层的皇帝，骁勇无敌的西楚霸王项羽最终败在他的手里，韩信、彭越、英布等一代英杰，先是为其驱使，效命战场，功成之后，兔死狗烹，又一一丧命于其刀下。

曾与诸将论楚汉战争得失，认为自己之所以获胜，主要在于重用张良、韩信、萧何。为帝七载，屡次亲征，陆续平定燕王臧荼、楚将利几、韩王信、阳夏侯陈豨、淮南王英布、燕王卢绾等反叛，并剿灭韩信、彭越两大功臣。以和亲之策结好匈奴，对南越割据政权实行安抚，重视农耕，休兵养民，使社会趋向安定、发展。

曾作《大风歌》，乃千古绝唱："大风起兮云飞扬，威加海内兮归故乡，安得猛士兮守四方！"

刘邦即位后，采取了许多重要措施，如减轻田租，什五税一，"与民休息"，凡民以饥饿自卖为奴婢者，皆免为庶人，士兵复员归家，豁免其徭役等，继续推行秦代按军功授田宅的制度，规定商人不得衣丝乘车，并加重租税等，

万古唯留楚客悲：诗词中的怀古故事

恢复残破的社会经济，稳定封建统治秩序。他还剪除异姓诸侯王以加强统一的中央集权国家。他认为秦代不分封子弟招致孤立败亡，于是裂土分封九个同姓诸侯王。他还接受娄敬强干弱枝的建议，把关东六国的强宗大族和豪杰名家 10 余万口迁徙到关中定居。

秦亡以后，漠北的匈奴乘机南下，重新占据了河南地（今内蒙古河套地区）。汉初，匈奴不断侵扰汉的边郡，高祖六年（前 201），韩王信投降匈奴。次年，刘邦亲自率兵前往征讨，在白登（今山西大同东北）被匈奴 30 余万骑兵围困七昼夜。后用陈平计谋，重贿冒顿单于的阏氏，才得脱险。此后，刘邦不得不对匈奴采取和亲政策，开放汉与匈奴之间的关市，以缓和双方的关系。

刘邦年轻时放荡不羁，鄙视儒生。称帝以后，他认为自己是马上得天下，《诗》、《书》没有用处。陆贾说："马上得之，宁可以马上治乎？"刘邦于是命陆贾著书论述秦失天下原因，以资借鉴。他命萧何重新制订律令，即"汉律九章"。刘邦晚年宠爱戚姬及其子赵王如意，疏远吕后，几次想废黜吕后所生的太子刘盈（惠帝）而立如意。但因大臣反对，只好作罢。高祖十二年，刘邦因讨伐英布叛乱，被流矢射中，其后病重不起而逝世。

刘邦消灭了项羽后，统一了中国，建立汉王朝，自此中华帝国在地理上再次统一，为以后的强大建立了基础。

朝为越溪女，暮作吴宫妃
——古之美女西施

西施咏

王维

艳色天下重，西施宁久微。

朝为越溪女，暮作吴宫妃。

贱日岂殊众，贵来方悟稀。

邀人傅粉粉，不自著罗衣。

君宠益娇态，君怜无是非。

当时浣纱伴，莫得同车归。

持谢邻家子，效颦安可希。

这是一首借咏西施，以喻为人的诗。

西施与王昭君、貂蝉、杨玉环并称为中国古代四大美女，其中西施居首，是美的化身和代名词。四大美女享有"闭月羞花之貌，沉鱼落雁之容"。"闭月、羞花、沉鱼、落雁"是一个个精彩故事组成的历史典故。"闭月"，是述说貂蝉拜月的故事。"羞花"，说的是杨贵妃观花时的故事。"沉鱼"，讲的是西施浣沙时的故事。"落雁"，就是昭君出塞的故事。

西施，原名施夷光，春秋战国时期出生于浙江诸暨苎萝村。天生丽质。时越国称臣于吴国，越王勾践卧薪尝胆，谋复国。在国难当头之际，西施忍辱负重，以身许国，与郑旦一起由越王勾践献给吴王夫差，成为吴王最宠爱的妃子，把吴王迷惑得众叛亲离，无心于国事，为勾践的东山再起起了掩护作用，表现了一个爱国女子的高尚思想情操。后吴国终被勾践所灭。传说吴被灭后，西施与范蠡泛舟五湖，不知所终，一直受到后人的怀念。

施夷光世居诸暨苎萝山（亦名罗山）下苎萝村（今诸暨市城南浣纱村）。苎萝有东西二村，夷光居西村，故名西施。其父卖柴，母浣纱，西施亦常浣纱于溪，故又称浣纱女。西施天生丽质，禀赋绝伦，相传连皱眉抚胸的病态，亦为邻女所仿，故有"东施效颦"的典故。越王勾践三年（前494年），夫差在夫椒（今江苏省吴县西南）击败越国，越王勾践退守会稽山（今浙江省绍兴南），受吴军围攻，被迫向吴国求和，勾践入吴为质。释归后，勾践针对"吴王淫而好色"的弱点，与范蠡设计策，"得诸暨萝山卖薪女西施、郑旦"，准备送于吴王，越王宠爱的一宫女认为："真正的美人必须具备三个条件，一是美貌，二是善歌舞，三是体态。"西施只具备了第一个条件，还缺乏其他两个条件。于是，花了三年时间，教以歌舞和步履、礼仪等。

西施发愤苦练，在悠扬的乐曲中，翩跹起舞，婀娜迷人，进而训练礼节，一位浣纱女成为修养有素的宫女，一举指，一投足，均显出体态美，待人接物，十分得体。然后，又给她制作华丽适体的宫装，方进献吴王。吴王夫差大喜，在姑苏建造春宵宫，筑大池，池中设青龙舟，日与西施为水戏，又为西施建造了表演歌舞和欢宴的馆娃阁、灵馆等，西施擅长跳"响屣舞"，夫差又专门为她筑"响屣廊”，用数以百计的大缸，上铺木板，西施穿木屐起舞，裙系小铃，放置起来，铃声和大缸的回响声，“铮铮嗒嗒”交织在一起，使夫差如醉如痴，沉湎女色，不理朝政，终于走向亡国丧身的道路。

吴亡后，相传西施随范蠡驾扁舟，泛五湖，不知所终。

在西施由越入吴的路线上，南自诸暨，北迄苏州，所在均有西施遗迹。诸暨苎萝山麓、浣纱江畔尚存浣纱石、浣纱亭、西施滩、西施坊，西施殿等古迹。

西施有“沉鱼”之貌，相传西施在溪边浣纱时，水中的鱼儿被她的美丽吸引，看得发呆，都忘了游泳，以至沉入水底。所以后世用“沉鱼”来形容女子的美貌。沉鱼落雁闭月羞花，沉鱼为先。国色天香四大美女，西施居首。西施幼承浣纱之业，故世称“浣纱女”。

汉家李将军，三代将门子

李陵咏

王维

汉家李将军，三代将门子。

结发有奇策，少年成壮士。

长驱塞上儿，深入单于垒。

旌旗列相向，箫鼓悲何已。

日暮沙漠陲，战声烟尘里。

将令骄虏灭，岂独名王侍。

既失大军援，遂婴穿庐耻。

少小蒙汉恩，何堪坐思此。

深衷欲有报，投躯未能死。

引领望子卿，非君谁相理。

李陵是李广的孙子，是世代簪缨，将门虎子。他善骑射有国士之风，爱惜士卒。汉武帝从他的身上看到了李广的影子，很爱惜他，曾经让他带领 800 骑兵，到匈奴境内去察看地形。他深入匈奴 2000 多里，返回。被武帝任命为骑都尉，在酒泉、张掖练兵防备匈奴人。

天汉二年，武帝要贰师将军带 3 万骑兵从酒泉出发，到天山去打左贤王，让李陵作为后援，押运粮草。李陵年轻气盛要求自己带队到莫干山一代，以分散单于的兵力，不愿意做他人的后备军。他说："自己所带的都是湖北一带的勇士，都是武功高强的精兵。"武帝告诉他没有更多的兵马给他。李陵说愿意以少击众。武帝十分高兴就同意了他的请求，并让强弩都尉路博得作为李陵的接应，但路博得不愿意，他就上书说："现在是秋天，匈奴马肥，不如等到来年的春天，和李陵共同出击。"武帝十分生气，认为是李陵反悔了不敢出击。就让路博得出兵西河，让李陵于 9 月带着 5000 步兵到东浚稽山。

李陵出发后走了 30 天来到目的地，李陵让步下陈布乐把沿途画好的地形图，送回朝中，武帝十分高兴。

单于发现了来敌，派出了 3 万铁骑来攻打。李陵在两山之间用大车结成营盘,在营外列开阵势,前排的用戟和盾,后排安排的是弓弩,匈奴人一看李陵的兵少就大胆的冲杀过来,李陵让后排的弓弩齐发,一时间急如暴雨,匈奴人死伤无数,向山上逃窜,李陵趁势发动冲锋,这一仗杀死匈奴数千人,匈奴大败而回。单于大吃一惊,重整军队亲自带领8万精骑,气势汹汹的杀了过来,李陵且战且走,连续与匈奴人交战又杀死敌人三千多人,但自己的伤亡也很大,几乎没有不带伤的人。单于一看硬攻不成放火来烧,被李陵破掉,没有办法,单于让自己的儿子带领人马来攻,李陵在树林之间大战来敌,杀死匈奴人数千,期间李陵数次射单于,让单于心惊肉跳。单于一看李陵要退回到汉的疆界,怕有伏兵打算退兵,但部下告诉他如果不能打败李陵,恐怕让人耻笑,以后就不好再和汉兵交战了。所以打算再打一阵,一日之间发动了数十次攻击,但又死伤数千人,无功而返。

就在匈奴人打算退兵的时候,李陵手下的一个校尉管敢,叛逃到匈奴,告诉匈奴人李陵没有后援,弓箭也快用完了,李陵是让800人打着黄白旗帜制造声势,没有什么可怕的。单于吃了定心丸,倾巢而出,占领了两边的山,把李陵所部夹在谷中,从四面射来箭雨,并从山上扔下石头,李陵的军队死伤很多,但仍然没有失去信心。但是在这个时候最可怕的事情发生了,出发时带的50万只箭都用光了,士兵的兵器也大多损坏,许多士兵只能用短刀作战,走到鞮汗山时,匈奴人用石块堵住了去路,这个时候是前进无路,后退无门,要战无箭,只有3000多个带伤的士兵,李陵该怎么办?

李陵在前方血战的战况，不断地有人报给朝廷，可以说是捷报频传报喜不报忧。太史公真实地记录下这个情景，"陵未没时，使有来报，汉公卿王侯皆奉觞上寿。"也就是说听到捷报后，权臣都纷纷向皇帝祝贺，大排宴席。

李陵困于绝境，但是他也许不知道，他面对的是匈奴举国之兵，匈奴人召集了左右贤王，全国能打仗的人都上阵了，他们是下定决心一定要歼灭这支汉朝的军队，这是自匈奴和汉交战以来从来没有过的。

李陵知道在这种情况下，已经没有再战的可能，如果没有援兵来救，那这些残兵就必死无疑。他苦思良久，终于想出一个计策，等到天擦黑，他身穿轻便的衣服，带好兵器，独自一个人走出营盘，他对跟过来的人喝道："不要跟着我，我一个人去杀单于！"说完就大步走向匈奴人的营地。

汉营的士兵等了很长的时间，李陵才回来。他告诉大家自己没有成功，他知道这次是没有取胜的可能了，他叹息道："战败了，我就死！"他的部下劝他："将军已经威震匈奴，可惜天不遂人愿，将军要保住性命后再做他图，想当初浞野侯被匈奴俘虏，多年后返回汉，汉还是以礼相待的。"李陵说："不要再说了，我如果不战死就不是好汉！"

他连夜让部下把所有的旌旗都折断和珍宝一起埋在地下，在掩埋的时候他感叹道："如果再给我们每人几十只箭，我们就能逃脱了，可惜没有兵器了，等到天一亮我们就是坐以待缚了，我们只能分散而走，如果有能活着回去的，就上报朝廷。"等到夜半，李陵和副将韩延年上马出营，当时身边只有十几个相随。他们的行动被匈奴人发现了，匈奴派出数千人来追这十几人，韩延年战死，就剩下李陵一人，李陵

最美的诗词故事大全集

大喊一声："没有面目报陛下！"带住缰绳投降了。

李陵出发时带了 5000 名步兵，逃回汉的有 400 余人。李陵兵败的地点离汉朝最近的要塞不到百里，据说巡逻的游骑都能听到厮杀时的人的喊叫声、战鼓声。真不知道那些驻守要塞的将军们是怎么想的，就没有人出来相助，真让人愤然。李陵兵败的消息传到京城，武帝大惊，当听说没有人知道李陵下落的时候，武帝更是焦虑。他招来李陵的母亲、妻子，让相士察看她们的面相，相士告诉武帝，没有看出死相。过了数日确切的消息传来，武帝大怒将李陵的家属全都下狱。本人也闷闷不乐多日，朝堂上大臣们都在揣摩武帝的心思，不知道武帝会如何处理这件事情，武帝问大臣们意见，大家意见一致，李陵有罪，罪不容恕，武帝无言。

过了一段时间武帝冷静下来，禁不住后悔让李陵出塞，也认为自己未派援兵是个错误，就更加思念失落在外地的李陵。他觉得匈奴被李陵这一打，已经对汉朝有惧意，干脆就趁热打铁，再征集几路人马去征匈奴，于是让小舅子李广利带兵 10 余万为主攻，路博得带 1 万人为后援，游击将军韩说带 3 万步兵出五原，因杅将军公孙敖带兵 4 万出雁门。在公孙敖临行前武帝悄悄地对他说："陵没，或说他有志回来，亦未可知。汝能相机深入，迎陵还朝，便算不虚此行。"公孙敖满口答应，武帝不知自己又铸成大错。

公孙敖这个人是个小人，他是大将军卫青的嫡系，曾经在卫青手下作过校尉，因为作战勇敢而封侯。但是他不是帅才，统兵带队多败绩，如果不是有权贵罩着早就被杀了。

这次汉军可就没有那么威风了，李广利和单于交兵结果是互有胜负，占不到半点便宜，眼看粮食要耗尽，只好撤军。匈奴人趁势在后掩杀，幸亏路博得接应及时，才侥幸逃脱。韩说在塞外没有发现敌人，也只好返回。公孙敖碰上了匈奴左贤王，公孙敖一接战，被打得大败，赶紧退了回来。他回朝后谎称："从俘虏的口中得知，李陵正在给匈奴操练人马，所以不敢深入。"

前方连连失利，武帝本来就窝了一肚子火，这无疑于火上浇油，以为找到失败的原因了。一气之下把李陵的母亲、妻子、孩子统统杀死。凶信传到匈奴，李陵悲痛欲绝，想李家三代都被朝廷的权贵和小人所害，气愤难平，对汉朝心生怨恨，从此绝了回汉的念头。

岂能将玉貌，便拟静胡尘
——文成公主

咏史

戎昱

汉家青史上，计拙是和亲。

社稷依明主，安危托妇人。

岂能将玉貌，便拟静胡尘。

地下千年骨，谁为辅佐臣。

中唐诗人戎昱这首《咏史》，题又作《和蕃》。我们都知道，在唐朝的历史上，为和蕃做出最大贡献的人当推文成公主。

唐太宗灭了东突厥后，又派李靖击败了西南的吐谷浑，打通了西域的通道。西域各国纷纷和唐朝交往，远在西南的吐蕃，也派使者来了。

当时的吐蕃赞普名叫松赞干布，是个能文能武的人才。他在十三岁的时候，就精通骑马、射箭、击剑等各种武艺，而且爱好民歌，善于写诗，受到吐蕃人的爱戴。他的父亲死去后，吐蕃贵族发动叛乱，松赞干布靠他的勇敢才智，很快把叛乱平定了。

年青的松赞干布并不满足吐蕃的贵族生活，为了学习唐朝的文化，他派出使者，长途跋涉，到长安来要求跟唐朝建立友好关系。

唐太宗也听到吐蕃的名声，愿意跟他们结交，还派使者到吐蕃去回访。

过了两年，松赞干布又派使者到长安向唐朝求亲，唐太宗没有答应。吐蕃使者怕松赞责备他不会办事，回到吐蕃后，向松赞撒谎说："唐天子快要答应把公主下嫁给我们啦，因为吐谷浑王也去求亲，才把我们求亲的事给耽搁了。"

吐蕃和吐谷浑两国本来就在闹摩擦，松赞干布听了使者的回报，更加怨恨吐谷浑。他马上出动二十万人马进攻吐谷浑。吐谷浑王看吐蕃军攻势很猛，抵挡不住，就退到环海一带。

松赞干布打败了吐谷浑，乘胜打到唐朝境内的松州（今四川松潘），又打了个大胜仗。

松赞干布骄傲起来，派人威胁唐朝说："如果不把公主嫁给我，我就带兵打到长安。"

唐太宗生气了，派大将侯君集带兵反击吐蕃。吐蕃将士对松赞干布挑起跟唐朝的战争，本来不愿意，看到唐朝派大军前来，都要求退兵。松赞干布眼看蛮干下去，要遭到失败，就向唐朝求和。

唐太宗本来愿意同吐蕃友好，也就同意讲和了。

公元 640 年，松赞干布又派了个能干的使者禄东赞带了一百人的出使队伍，备了五千两黄金和许多珍贵的厚礼，到长安去求亲。

唐太宗接见了禄东赞。禄东赞传达了他们的年青国王想跟唐朝友好的心愿，说得娓娓动听。唐太宗心里挺满意，就在皇族的女儿中，挑选一个美丽温柔的，封为文成公主，把她许嫁给松赞干布。

据说，使者禄东赞是个绝顶聪明的人。后来，在青藏高原的人民中，流传着一个"五难求婚使"的动人故事：

禄东赞在长安求亲的时候，各国来求亲的使者很多。唐太宗下了一道命令，要前来求亲的使者先解答五个难题。哪一国使者能够解答，就答允跟那国和亲。

第一道题目是要求把一根很细的丝线，穿过一颗有九曲孔道的明珠。禄东赞把丝线系在一只蚂蚁的腰部。蚂蚁带着丝线，爬过明珠的九曲孔道，丝线也就带过来了。

第二道题目是把一百匹母马和一百匹小马驹儿放在一起，要求辨认出哪匹马驹儿是哪匹母马生的。禄东赞把母马和马驹儿分开关了一天，断绝了马驹儿的饲料和水。第二天，再把它们放在一起。饿慌了的马驹儿分别奔到自己的母亲那里去吃奶。它们的母子关系也就认出来了。

禄东赞通过了一道道考试，最后一道是要从二千五百名美貌年青的女子中，找出谁是文成公主。禄东赞凭他敏锐的眼力，一下子就把那仪态大方的公主认出来了。

这些传说不大可能是事实，但是却反映了吐蕃人民对唐蕃友好的愿望和完成这个使命的使者的赞美。

公元 641 年，二十四岁的文成公主在江夏王李道宗的护送下，动身到吐蕃去。唐朝廷为公主备了一份十分丰富的嫁妆。金银珠宝，绫罗绸缎，当然是少不了的，除此以外，还有许多吐蕃没有的谷物、果品、蔬菜的种子，药材，蚕种。她还带了大批的医药、种树、工程技术、天文历法的书籍。

文成公主出嫁的消息传到吐蕃，从唐朝边境到吐蕃，一路上都有人准备好马匹、牦牛、船只、食物，接送文成公主。松赞干布亲自从逻些（今西藏拉萨）赶到柏海（今青海鄂陵湖或札陵湖）迎接。松赞干布和文成公主在那里举行了隆重的婚礼。

婚礼结束后，松赞干布和文成公主越过雪山高原，到了逻些城。公主入城的那天，逻些人民像过盛大节日一样，载歌载舞，夹道欢迎。松赞干布还在逻些按照唐朝的建筑格式，为公主专门建造了一座城郭宫殿，给公主居住。

文成公主在吐蕃生活了四十年，她为汉藏两族人民的友好联系和发展藏族经济文化作出了贡献。直到现在，在西藏的大昭寺和布达拉宫，还供奉着松赞干布和文成公主的塑像。公元 650 年，松赞干布死去。唐太宗也在前一年病死，接替他的是太子李治，这就是唐高宗。

万古唯留楚客悲： 诗词中的怀古故事

茂陵多病后，尚爱卓文君
——司马相如与卓文君的浪漫爱情

琴 台

杜甫

茂陵多病后，尚爱卓文君。

酒肆人间世，琴台日暮云。

野花留宝靥，蔓草见罗裙。

归凤求凰意，寥寥不复闻。

此诗是杜甫晚年在成都凭吊司马相如遗迹琴台时所作。"茂陵多病后，尚爱卓文君"，起首凌空而下，从相如与文君的晚年生活着墨，写他俩始终不渝的真挚爱情。司马相如晚年退居茂陵，这里以地名指代相如。这两句是说，司马相如虽已年老多病，而对文君仍然怀着热烈的爱，一如当初，丝毫没有衰减。

卓文君生活于汉武帝时代，其父亲卓王孙是当地的大富豪。卓文君当时仅17岁，书上形容她的美貌"眉色远望如山，脸际常若芙蓉，皮肤柔滑如脂"，更兼她善琴，文采亦非凡，本来是人人所冀求的女子，却因父亲安排了一个政治婚姻，将她许配给某一皇孙，而让她的人生很快就跌入谷底，因为此皇孙是一个病人，未待成婚便匆匆辞世，所以当时卓文君算是在家守寡。

司马相如是西汉有名的辞赋家，音乐家。但早年家贫，父母双亡，并不得志。他当时的生活并非琴书雅集，诗酒逍遥，风月无边。在无以自立的情况下，他抱着迷茫的希望来到边陲小县临邛投靠担任县令的好友王吉，寄人篱下，算得上是十分的失意，十分的潦倒了。

卓王孙与王吉多有往来。某日，卓王孙在家宴请王吉，司马相如也在被请之列。席间，免不了要作赋奏乐。司马相如得知卓王孙之女卓文君美貌非凡，更兼文采，于是奏了一首《凤求凰》。卓文君也久慕司马相如之才，遂躲在帘后偷听，琴中求偶之意声声入耳，两个人互相爱慕。但受到了卓王孙的强烈阻挠，没办法，卓文君不顾嫌隙雪夜私奔司马相如所住客舍，第二天索性双双驰归成都司马相如老家。这可能是中国爱情故事里，最勇敢、动人的私奔了。"雪夜私奔"，不是卓文君率性、任性，而是她有自信，相信自己的眼光，为自己的选择负责。对这件事情，卓王孙当然是盛怒难消，认为司马相如有辱衣冠，而宝贝女儿也太不争气，雪夜私奔，败坏门风，使他丢尽脸面；更主要的是司马相如是一个穷光蛋。

由于司马相如豪情不减地典衣沽酒，今朝有酒今朝醉；卓文君也荆钗布裙，风风火火开始新生活。几个月后，他们干脆卖掉车马，回到娘家临邛，并在娘家对面租了一间屋，开了一家小酒店，卓文君淡妆素抹，当垆沽酒，司马相如更是穿上犊盘鼻裤，与酒保佣人一起洗盘子，忙里忙外地跑堂。

卓文君是一个罕见的女人，丝毫不慕虚荣，司马相如也是一个罕见的文人，从未因自身贫贱失意而自卑羞愧。

这是临邛街上的一件天大新闻，顿时远近轰动，小酒店门庭若市，热闹非凡。卓王孙经不起亲朋好友的疏通劝解，迫不得已分给他们童仆百人，钱百万缗，并厚备妆奁，接纳了这位把生米已经煮成熟饭的女婿。也有人讲这是司马相如搬出的一套"赖皮"作风，逼那位爱脸面的岳父大人就范，于此也可见司马相如没有一般文人的穷酸相，颇具豪情，这也许是卓文君深爱他的一个重要原因吧。从此这对小夫妻又过上了整天饮酒作赋，鼓琴弹筝的悠闲生活。

这时，司马相如写下的《子虚赋》、《上林赋》，才华四溢，好大喜功的汉武帝拜读后，惊为天人，拜司马相如为郎官。

当时巴蜀两地形势不稳，司马相如凭着一枝生花妙笔，以一篇檄文，晓以大义，剖陈利害，并许以赏赐，消弭了危险的局面。汉武帝大喜，再拜其为中郎将，持节出使西南边陲地区，对蛮夷进行宣抚。司马相如声势赫耀地回到了成都，与卓文君会合后一路朝西南进发。当然是一定要绕道临邛去看看的，当地官员纷纷出廓相迎，百姓更是夹道欢呼，着实让岳父卓王孙风光了一把，觉得女儿真是"慧眼识英才"。

两人成婚多年，卓文君一直没有生下子嗣，司马相如年纪渐长，对这件事情愈来愈介意，最后决定纳妾传递香火。可是，对卓文君来说，当年她为了这份爱，几乎与家人决裂，在她的生命里，这份爱深刻并且纯洁，她是不可能与另一个女人分享丈夫的。面对司马相如想要纳妾的念头，卓文君忍无可忍，作了一首《白头吟》，说道：

皑如山上雪，皎如云间月，闻君有两意，故来相决绝。

今日斗酒会，明旦沟水头，躞蹀御沟止，沟水东西流。

凄凄重凄凄，嫁娶不须啼，愿得一心人，白首不相离。

竹竿何袅袅，鱼儿何徙徙，男儿重义气，何用钱刀为？

卓文君哀怒的《白头吟》，使得司马相如大为不忍，想到当年的患难相随，柔情蜜意的种种好处，于是回心转意。

两人安居林泉，又度过了 10 年恩爱岁月，司马相如溘然长逝，卓文君终于尝到了未亡人冷冷清清的孤寂况味。回首前尘，恍然一梦，第二年深秋，形影相吊、孑然一身的卓文君也随司马相如赴九泉之下。

犹闻辞后主，不复卧南阳
——鞠躬尽瘁的诸葛亮

武侯庙

杜甫

遗庙丹青落，空山草木长。

犹闻辞后主，不复卧南阳。

武侯庙，就是隆中武侯祠，是纪念诸葛亮的建筑。

诸葛亮是三国时间著名的政治家、军事家和外交家。字孔明，人称卧龙。诸葛亮生于汉灵帝光和四年。他四岁的时候，失去了双亲，依随叔父诸葛玄生活。诸葛亮十五岁跟随叔父到荆州襄阳去依附刘表。他看到刘表昏庸无能，不是命世之主，于是结庐襄阳城西二十里的隆中山中，隐居待时。诸葛亮在隆中隐居了十年，他广交江南名士，结交庞德公、庞统、司马徽、黄承彦、石广元、崔州平、徐庶等名士。其智谋为大家所公认，有匡天下之志。他密切注意时局的发展，所以对天下形势了如指掌。

公元 207 年在徐庶的举荐下，刘备三顾草庐，请计于诸葛亮。诸葛亮精辟地分析了天下的形势，提出了统一天下，应走鼎足三分，联孙抗曹的道路。这就是著名的"隆中对策"。公元 208 年，曹操大举南下，败刘备于长阪。诸葛亮"受任于败军之际，奉命于危难之间"，出使江东，联结孙权。诸葛亮以隆中路线的坚定原则与孙权谈判，订立双边同盟，而不是附庸顺从。孙权认识到"非刘豫州莫可以当曹操者"，不得不作出让步，同意鼎足三分，发兵拒操。赤壁战后，孙权履行诺言，将荆州借给刘备。佐定益州，使蜀与魏、吴成鼎足之势。曹丕代汉为帝后，刘备也称帝，诸葛亮出任丞相，总理国家大事，关羽镇守荆州。

章武三年（223 年）春，刘备在永安病危，召诸葛亮嘱托后事说："君才十倍于曹丕，必能安国，终定大事。若嗣子可辅助，便给以辅助；若其不才，您可取而代之。"诸葛亮忙哭道："臣必竭心尽力相辅，效忠贞之节，死而后已！"后主即位，诸葛亮受封武乡侯，建立丞相府以处理日常事务，又兼任益州牧。当时，全国的军、政、财，事无

最美的诗词故事大全集

大小，皆由诸葛亮决定。

诸葛亮执政后，首先要办的第一件大事是恢复与东吴的外交关系。刘备死后，东吴一方面继续向魏称臣，一方面尚未拿定主意怎样对蜀，仍陈大军于蜀的边境。诸葛亮派尚书邓芝出使东吴，说服孙权与蜀联合，与魏断绝关系。

当时，南中诸郡在刘备东伐之时，受东吴策动而叛乱，严重威胁"蜀汉"后庭。诸葛亮执政后，与东吴恢复邦交，切断了南中的外援。经过两年调养，诸葛亮上书后主，决心平定南中叛乱。建兴三年（225年）春，诸葛亮率大军兵分三路征伐南中。在此次战争中，诸葛亮对叛军首领孟获采用攻心战术，七擒七纵，使其心悦诚服。平叛战斗结束后，诸葛亮吸取"众建诸侯分其力"的经验，将南中四郡分为六郡，叛乱中心建宁郡被分得最细，起用大量土著大姓为官吏，达到不留军队、不运粮草，又能治理该地的目的；征调南中"青羌"万馀家入蜀，以其青壮组成骑兵五部，号称"飞军"；设立降都督，掌管南中军政。该年十二月，诸葛亮率军回到成都。

建兴五年（227年）三月，诸葛亮上《出师表》于后主，率军至汉中，准备北伐。他先在汉中练兵约一年，然后北攻。魏南安（治甘肃陇西）、天水、安定（治甘肃济川）三郡当即降蜀。魏明帝亲赴长安督战，以曹真督关右诸军，采用以防守为主的战略。蜀军先扬言要由斜谷道攻取县，并使赵云、邓芝率一军据箕谷（今陕西褒城西北）为疑军，诸葛亮率主力西攻祁山。参军马谡领一军为先锋，驻街亭。马谡指挥不当，大败于魏军，丢失街亭。蜀军失去前进的据点，只好退回汉中（正史并无"空城计"退司马懿军之说）。诸葛亮挥泪斩马谡，上书自贬三级，以右将军身份行丞相之职。

建兴六年（228年）冬，魏军三路攻吴，关中空虚。诸葛亮再次率军北伐。蜀军此次出大散关，围攻陈仓二十馀日不下，粮尽而退。建兴七年（229年），诸葛亮第三次率军北伐。蜀军西向，取魏武都、阴平二郡而回。诸葛亮复任丞相。

在这一时期，诸葛亮与李严的矛盾为引人关注的焦点。本来，他们两人同受刘备托孤，共为辅臣。直到建兴四年（226年），两人关系还比较好，诸葛亮在与孟达的信中还称赞李严。但不久，李严写信给诸葛亮，建议利用掌握朝政大权的便利，像曹操那样进爵封王，接受"九锡"，这样他也能捞到若干好处。诸葛亮对此非常生气，在回信中狠狠批评了李严一通。不久，诸葛亮在即将伐魏前，调李严带他所辖的二万军队来镇守汉中。李严却讨价还价，要诸葛亮从益州东部划出五郡设立江州，让他当江州刺史，致使调动未成。诸葛亮以大局为重，也就妥协了；建兴七年，陈震在出使东吴前，专门找诸葛亮汇报李严的巧诈问题，特别谈到李严早年在家乡为官时的一些劣迹，但没引起诸葛亮的足够重视。建兴八年（230年），曹军欲三路攻蜀，诸葛亮再次要李严带二万军队到汉中坐镇，李严又讨价还价。诸葛亮即做让步，任命其子为江州都督督军，接替李严调走后的工作，李严这才执行调动命令。建兴九年（231年），诸葛亮第四次伐魏，命李严在汉中负责后勤供应，李严未及时筹集到粮草，便写信给诸葛亮说皇上命令退兵。诸葛亮退军后，他又欺骗朝廷说此次退兵是为了诱敌。当诸葛亮回来后，他又故作惊问："军粮已经够用，为何突然退兵？"于是，诸葛亮在上朝时拿出李严的书信为据，与许多将士一道签名上表，弹劾李严，将他免为庶人，流放到梓潼。

建兴十二年（234年）二月，诸葛亮第五次北伐，以大军出斜谷，据五丈原。此次出兵，事先与东吴约好同时攻魏。但东吴迟迟不发兵，迄至五月，孙权才派陆逊、诸葛瑾率兵屯江夏、沔口，进攻襄阳，孙权自己则率大军围合肥新城。对此，魏明帝的策略是先挫败东吴。他亲率水军东征，让西守的司马懿坚守不战，让蜀军粮尽自退。但当孙权得知魏主的意图后，认为己方成了主战场，吃了亏，即令全线撤军。这年八月，诸葛亮突患急病，暴卒于五丈原军中。那一年，他刚54岁。

沅湘流不尽，屈子怨何深
——屈原

题三闾大夫庙

戴叔伦

沅湘流不尽，屈子怨何深。
日暮秋风起，萧萧枫树林。

这首诗是诗人戴叔伦在湖南做官期间路过三闾庙时所

作。三闾大夫庙，即屈原庙，因为屈原曾做过三闾大夫的官职。

战国时代，称雄的秦、楚、齐、燕、赵、韩、魏七国，争城夺地，互相杀伐，连年不断混战。那时，楚国的大诗人屈原，正当青年，为楚怀王的左徒官。他见百姓受到战争灾难，十分痛心。屈原立志报国为民，劝怀王任用贤能，爱护百姓，很得怀王的信任。

那时西方的秦国最强大，时常攻击六国。因此，屈原亲自到各国去联络，要用联合的力量对付秦国。怀王十一年，屈原的外交成功了。楚、齐、燕、赵、韩、魏六国君王齐集楚国的京城郢都，结成联盟，怀王成了联盟的领袖。联盟的力量，制止了强秦的扩张。屈原更加得到了怀王的重用，很多内政、外交大事，都凭屈原作主。

因而，楚国以公子子兰为首的一班贵族，对屈原非常嫉妒和忌恨，常在怀王面前说屈原的坏话。秦国的间谍把这一情况，报告秦王，秦王早想进攻齐国，只碍着六国联盟，不敢动手。听到这个消息，忙把相国张仪召进宫来商量。张仪认为六国中间，齐楚两国最有力量，只要离间这两国，联盟也就散了。他愿意趁楚国内部不和的机会，亲自去拆散六国联盟。

张仪到了郢都，先来拜访屈原，说起了秦国的强大和秦楚联合对双方的好处，屈原说："楚国不能改变六国联盟的主张。"

张仪告诉子兰："有了六国联盟，怀王才信任屈原；拆散了联盟，屈原就没有什么可怕了。"子兰听了，十分高兴。楚国的贵族就和张仪连成一气，子兰又引他拜见了怀王最宠爱的王后郑袖。郑袖欣然表示，愿意帮助他们促成秦楚联盟。

子兰想了一条计策：就说屈原向张仪索取贿赂，由郑袖在怀王面前透出这个风声。张仪大喜说："王后肯出力，真是秦楚两国的福分了！"张仪布置停当，就托子兰引见怀王。他劝怀王绝齐联秦，列举了很多好处。最后道："只要大王愿意，秦王已经准备了商於地方的六百里土地献给楚国。"怀王是个贪心的人，听说不费一兵一卒，白得六百里土地，如何不喜。回到宫中，高兴地告诉了郑袖。郑袖向他道喜，可又皱起眉头："听说屈原向张仪要一双白璧未成，怕要反对这事呢！"怀王听了，半信半疑。

第二天，怀王摆下酒席，招待张仪。席间讨论起秦楚友好，屈原果然猛烈反对，与子兰、靳尚进行了激烈争论。他认为："放弃了六国联盟，就给秦国以可乘之机，这是楚国生死存亡的事情啊！"他痛斥张仪、子兰、靳尚，走到怀王面前大声说："大王，不能相信呀！张仪是秦国派来拆散联盟、孤立楚国的，万万相信不得……"怀王想起郑袖所说，果然屈原竭力反对秦楚和好；又贪图秦国的土地。不禁怒道："难道楚国的六百里土地抵不上你一双白璧！"就叫武士把他拉出宫门。

屈原痛心极了，几天后就搬出了郢都，准备住到汉北去。他走一阵，又回望一阵，"这雄伟的郢都城啊！"

他挂念着国事，到一处就歇几天，打听一下消息。有一天，他看到一座古庙里的墙壁上，画着天地神灵和古代圣贤的故事。圣君贤王的事迹触动了他的心事，他想不通怀王为什么这样糊涂。他对神灵大声喝问："这世界究竟有没有是非!?……"因此写成了《天问》这篇长诗。

　　当怀王和齐国断绝了邦交,拆散了联盟以后,就派人跟张仪到秦国去接收土地。将近秦都咸阳,张仪装作喝醉了酒,在下车时跌了一跤,推说跌伤腿,就别了楚使,先进城去了。楚使住在客馆里,天天去见张仪。张仪总是推腿伤未愈不能接见。一直过了三个月,张仪得到六国联盟确实已经瓦解了的消息以后,才出来接见楚使。

　　当楚使提到交割土地时,张仪赖得一干二净。他说:"我说献给楚王的,是自己的六里俸地。秦国的土地怎么能够献给人呢?"楚使有口难言,只得空手回来报告楚王。这一来,可把怀王气昏了。他仗着这几年养精蓄锐,兵粮充足,就派了大将屈平,带领十万大军,进攻秦国。

　　秦王立刻改变了攻齐的计划,索性联合齐国,分两路迎击楚军。楚军挡不住两国的夹攻,连打几个败仗,屈平阵亡,秦兵占领了楚的汉中地方。消息传到汉北,把屈原急坏了。他愤怒、叹气,最后决定赶回郢都,设法去抵抗秦国。

　　半路上,他接到了怀王的命令,派他出使齐国,恢复联盟。屈原高兴地想:"大王到底回心了!"就立刻奔赴齐国。怀王违背联盟,齐国十分愤恨。但是屈原是齐王敬重的人,经过一番谈判,就答应撤回助秦攻楚的齐兵。屈原还未返国,就得到了秦楚议和的消息。他怕怀王再受欺骗,连忙辞了齐王,赶回楚国去。

　　他到了楚国云梦地方,看见当地百姓正在追悼在战争中阵亡的将士。屈原十分感动,停下车进去参拜。他立在神位面前诵读他所做的《国殇》诗,悼念为国牺牲的战士。

念到沉痛的地方，百姓都流下泪来，屈原也放声痛哭。屈原走了几天，忽听传说：张仪又到郢都来了。他不禁连连跺脚，日夜兼程，向郢都赶去。

子兰、靳尚听见屈原回来了，连忙来报告王后郑袖。他们都怕屈原再回郢都，让他留在怀王面前，日久总是大患。这夜，郑袖就向怀王哭诉："屈原在云梦地方对百姓说，那些阵亡的，都是我向大王进言而冤死的。这回他回来，要替冤死的伸冤报仇。"怀王听了大怒："他敢这样？简直是疯了！"郑袖趁机进谗："是疯了！不是疯了怎会对百姓说这样放肆的话？我怕见他！他要在郢都，就让我到江南去！"

第二天，怀王下了一道命令：任屈原为三闾大夫，不必进宫，立刻赴任。屈原接到谕旨，只得准备上任去。

屈原走了，楚国满朝文武都投入郑袖、子兰一党，联盟不久又散了。从怀王二十七年起，秦国连连对楚国发动战争。楚国国势一天不如一天，失掉了对抗秦兵的力量。怀王三十年，秦国占领了楚国北部的八座城池。怀王正在愁闷，忽然接到秦王的来信，请他到秦国武关地方，商谈秦楚永世友好的办法。怀王左思右想，决不下主意：要不去，只怕秦军向南进攻；要去呢，又怕秦国心怀叵测。

子兰首先劝怀王："秦王愿意和好，这机会可失不得。"靳尚也说："走一遭儿，至少有几年太平。"怀王回到后宫，又听了郑袖一番劝行的话，这才打定了主意，马上写了回信，同意去武关会谈。准备了几天，他和靳尚带了五百人马动身，才离郢都，途中只见有一匹马飞一般奔来。

奔到跟前，马上的人跳下，伏在车前，大声恸哭。怀

万古唯留楚客悲：诗词中的怀古故事

王一看，原来是三闾大夫屈原，他听到了怀王要去武关的消息，连夜飞马而来。只听他悲声说道："大王啊！秦国如虎口，这危险冒不得哟！你要想想楚国的祖宗和百姓，不能单听小人的说话哟！"十多年不见，屈原憔悴了。怀王见了他，想起这十多年来国势，一天天走下坡，心里也涌起了一阵感伤。

他正在沉思，靳尚站出来狠狠地对屈原说："今天是大王出门的好日子，三闾大夫说这些丧气话什么意思？"屈原气得嘴唇发抖，颤声说道："上官大夫！你是楚国人，也该替楚国想想，不能把大王送进虎口啊！"靳尚大怒，迭声叫让开。屈原攀住了车辕不肯放手。靳尚令人把屈原推倒在地，扬鞭催马，簇拥着怀王走了。

果不出屈原所料，怀王和五百人马一到武关，就被秦国扣留，已经送往咸阳。

噩耗传遍了全国。郑袖为了安定人心，立太子熊横为顷襄王；自己掌握国政；任命子兰做管理全国军政的令尹。屈原拼死赶到郢都，要求顷襄王恢复六国联盟，用强大的实力，向秦国讨回怀王。子兰等人是劝怀王去秦国的，怕怀王回来问罪，又怕得罪秦国。因此不但不听屈原主张，而且立刻驱逐他出都，不许他再回郢都。

这班人赶走了屈原后，醉生梦死一般地过日子，过了三年忽然接到怀王的死讯。原来，怀王到了咸阳，秦王就大会群臣，然后接见怀王，要他当面立下割让黔中地方的文书。怀王愤怒已极，一口拒绝了。秦国就把他扣押起来。关了一年多，看守渐渐松了，怀王就把看守人灌醉，换了服装逃出咸阳。

走了几天，到了赵国地界，怀王说明情由，请求救援，但是赵国人恨他屡次破坏联盟，不许进城。怀王懊恼地向南走，想投奔魏国去。才到半路，秦兵已经追到，把他捉住了。怀王重新被押回咸阳，气得吐血，生了一年多病，在顷襄王三年时死了。

事件把屈原的心击碎了，他本来把复兴楚国的希望寄托在怀王的醒悟上，现在觉得什么都完了。他要求顷襄王趁各国都在怨恨秦国的机会，设法联络，一同对付秦国。顷襄王全不听他。还革掉屈原的三闾大夫职位，叫人押送、流放到江南去，永远不准过江。

屈原到了流放的陵阳地方，日夜心烦意乱。他知道楚国定有灾难："但是我怎能为了逃避灾难，离开出生的地方，到处乱撞呢？"屈原考虑了几天，觉得楚国一片黑暗，闷得气也难喘，因此决定出国去走一遭儿。走了几天，到了楚国的边境，他又踌躇起来。

他的马悲哀地嘶叫着，马夫也回头望着楚国叹气。屈原不禁激动地说："对，我们是楚国人、楚国马，死也要死在楚国的土地上！"他回到陵阳住了九年，既没有回郢都的希望，又听到楚国的局面越来越坏。每个传来的消息都使他坐立不安。他想起怀王是因为拒绝割让黔中才死在秦国的，决意到这块地方去看看，来到黔中郡溆浦地方住了下来。爱国的火焰在他心里燃烧，可自己又无能为力。他只能每天在山边湖旁踱着。

满腹的忧愁愤恨，他都写成了诗篇。他越来越老了，但是复兴楚国的希望，却一天也没有熄灭过。顷襄王二十一年，一个晴天霹雳般的消息把他击昏了：秦将白起进攻

万古唯留楚客悲：诗词中的怀古故事

楚国，占领郢都，楚国的宗庙和陵墓都被毁了。楚国要亡了！他决定回到郢都去死在出生的土地上。他头也不梳，脸也不洗，昏昏沉沉的走了几天，到了汨罗江边。他在清澈的江水里看见了自己的满头白发，心里像波浪一样翻腾起来。

联盟给小人破坏了，楚国受到了危险，百姓遭到了灾殃。屈原在江边踱着。他怀念郢都，怀念百姓，憎恨敌人，憎恨奸邪，决心用自己的生命去警告卖国的小人，激发全国百姓的爱国赤忱。这里的土地没被秦兵践踏过，是干净的。他解下衣服，包着江边的石头，用带子紧紧缚在自己身上。奋力向江心一跳。爱国诗人带了楚国的干净石块，很快沉了下去。这天是五月五日。屈原死后，百姓敬重他，哀悼他。因为他是和危害楚国的小人奋斗到死的，所以到了他的忌日，百姓们就挂起昌蒲剑，喝着雄黄酒，预防奸佞小人的侵害。

张侯本忠烈，济世有深智
——安史之乱时期血战睢阳的张巡

睢阳感怀

韦应物

豹虎犯天纲，升平无内备。长驱阴山卒，略践三河地。
张侯本忠烈，济世有深智。坚壁梁宋间，远筹吴楚利。

穷年方绝输，邻援皆携贰。使者哭其庭，救兵终不至。
重围虽可越，藩翰谅难弃。饥喉待危巢，悬命中路坠。
甘从锋刃毙，莫夺坚贞志。宿将降贼庭，儒生独全义。
空城唯白骨，同往无贱贵。哀哉岂独今，千载当歔欷。

　　韦应物的这首《睢阳感怀》，主要是歌颂张巡在安史之乱中坚守睢阳的忠义精神的。

　　张巡字中丞，生于公元708年，邓州南阳人。开元末年进士。

　　公元755年十一月安禄山反，十二月十二日攻占洛阳，安禄山在西攻潼关、长安的同时，为了切断沿运河运转到长安的财政命脉：江淮租庸，以断绝长安的财政收入和粮饷。公元755年十二月，安禄山就以张通晤为贼首陷宋、曹等州，谯郡太守杨万石、雍丘县令令狐潮均降贼，独有此时为真源县令的张巡不降叛军，张巡率吏哭玄元皇帝祠，遂起兵讨贼，从者千余。张巡相率其众前进至雍丘，此时单父尉贾贲杀张通晤。而后贾贲、张巡会兵于雍丘，遂据守之。不久，贾贲战死，张巡独领其众，坚守雍丘。

　　公元756年三月，令狐潮又与叛将李怀仙、杨朝宗、谢元同等率兵4万余人围攻雍丘。张巡使千人登城防守，自率千人，分数队，突然出城直冲叛军阵营，叛军惊骇后撤。次日，叛军又来攻城，环城安置百门石炮轰击，城楼及城上女墙全被毁坏。张巡于城上立木栅，挡住叛军进攻。叛军纷纷缘城攀登，张巡用蒿草束灌上油脂，焚而投之，叛军被烧得焦头烂额，无法登城。张巡有时瞧准叛军松懈，突然出兵袭击；有时夜深人静，偷袭敌营。如此坚守60多天，经大小 300 余战，带甲而食，裹伤再战，终于将叛军击退，保住了雍丘。

五月，令狐潮再次领兵围攻雍丘。令狐潮原是雍丘县令，安禄山占领洛阳后投降了叛军，他与张巡过去相识。他亲至城下，劝张巡投降。张巡说："足下平生以忠义自许，今日之举，忠义何在！"令狐潮羞惭而退。七月，令狐潮围攻张巡于雍丘已 40 余日，此时，长安已经失守，令狐潮便写信给张巡劝降。守军将领中有 6 人也认为兵势悬殊，且玄宗存亡未卜都劝张巡投降。张巡表面上装作答应。第二天，他把玄宗画像挂在堂上，率将士进行朝拜，然后引六将于前，责以大义，斩之，众心益坚。叛军不断攻城，城里的箭用完了。张巡就命士卒捆草人千余，穿上黑衣，夜间放下城去。叛军发觉后，争相放箭。当叛军发现是草人时，唐军已得箭数十万支。几天后，张巡在黑夜将 500 勇士放下城去，叛军笑而不加防备。这 500 勇士乘机袭击令狐潮军营，叛军大乱，焚垒而逃，唐军追击 10 余里。不久，张巡率兵出战，擒叛将 14 人，斩首百余级。叛军连夜逃往陈留（今河南开封），不敢再攻雍丘。

公元 756 年十二月，鲁，东平、济阳陷落后，雍丘不再重要，故张巡退出雍丘，东守宁陵，大破杨朝宗欲袭宁陵以断张巡饷路之兵 2 万余人。

安禄山派兵东徇的主要目的是要占据运河沿线，所以首先就向雍丘推进。单父位于睢阳北部，真源则在谯郡，但贾贲、张巡起兵以后却共趣雍丘（属陈留），说明叛军是向雍丘方向推进的，而雍丘、宁陵、睢阳等张巡先后坚守之地，都是运河沿线的要地，可见叛军之东徇主要是沿运河沿线向东南推进，所以张巡的撤退也是沿运河一线，步步为营。双方一攻一守，一进一退；但其战略意图都是相同的：争夺运河，控制江淮。

至德二载，757年正月，安庆绪以尹子奇为河南节度使，以归、檀及同罗、奚兵十三万人南下，尹子奇为安庆绪手下之名将，率领大军扫荡河南，此时河南城镇纷纷陷落，惟有军事重镇睢阳未陷（睢阳即今商丘县地内）。睢阳太守许远向张巡告急。张巡因宁陵城小，难以抵强敌，故张巡率兵3000自宁陵（今河南宁陵东南）入睢阳，与许远合兵共6800余人。尹子奇全力攻城，张巡率领将士，昼夜苦战，有时一天之内打退叛军20余次进攻，连续战斗16昼夜，共俘获叛军将领60余人，杀死士卒2万余人，守军士气倍增。许远因张巡智勇兼备，远谓巡曰："远懦，不习兵，公智勇兼济，远请为公守，请公为远战。"自是之后便将作战指挥交张巡负责，自己担负调运军粮，修理战具等后勤保障工作。战斗筹划一出于巡。两人密切配合，使叛军久攻不下，只能围而不攻。

三月，尹子奇复引大兵进攻睢阳城。张巡谓将士曰："吾受国恩，所守，正死耳。但念诸君捐躯命，膏草野，而赏不酬勋，以此痛心耳！"将士皆激励请奋。巡遂椎牛，大飨士卒，尽军出战。贼望见兵少，笑之。巡执旗，帅诸将直冲贼阵。贼乃大溃，斩将三十馀人，杀士卒三千馀人，逐之数十里。明日，贼又合军至城下，巡出战，昼夜数十合，屡摧其锋，而贼攻围不辍。

五月，尹子奇增加围城兵力，攻城更加猛烈。张巡夜间在城内鸣鼓整队，作出击之势，使叛军通宵达旦处于戒备状态。天亮之后，叛军见城内又毫无动静，于是解甲休息。张巡乘敌懈怠，与将军南霁云、郎将雷万春等十馀将各将五十骑开门突出率军突然出击，直冲尹子奇军营，叛军大乱，被歼5000馀人。

七月，尹子奇复增兵数万兵力，又猛攻雎阳城。由于外无救援，张巡的士兵饥病不堪，饿死了很多，守城兵力减至1600馀人。

八月，雎阳守军死伤之余，仅剩600馀人。张巡、许远分区防守，与士卒同甘共苦，昼夜守备不懈。张巡还说服叛军200馀人先后倒戈。这时，唐军将领许叔冀在谯郡（今安徽亳县）、尚衡在彭城（今江苏徐州）、贺兰进明在临淮（今江苏盱眙北），皆拥兵不救。张巡派南霁云突围赴谯郡，向叔冀请师，不应，遗布数千端。霁云谩骂马上，请决死斗，叔冀不敢应。巡复遣入临淮告急，霁云引精骑三十冒死冲出重围，贼万众遮之，霁云左右射，皆披靡。既见进明，进明曰："雎阳存亡已决，兵出何益？"霁云曰："城或未下。如已亡，请以死谢大夫。"叔冀者，进明麾下也，房琯本以牵制进明，亦兼御史大夫，势相埒而兵精。进明惧师出且见袭，又忌巡声威，恐成功，初无出师意。又爱霁云壮士，欲留之。为大飨，乐作，霁云泣曰："昨出雎阳时，将士不粒食已弥月。今大夫兵不出，而广设声乐，义不忍独享，虽食，弗下咽。今主将之命不达，霁云请置一指以示信，归报中丞也。"因拔佩刀断指，一座大惊，为出涕。卒不食去。抽矢回射佛寺浮图，矢著砖，曰："吾破贼还，必灭贺兰，此矢所以志也！"至真源，李贲遗马百匹；次宁陵，得城使廉坦兵三千，夜冒围入。贼觉，拒之，且战且引，兵多死，所至才千人。方大雾，巡闻战声，曰："此雾云等声也。"乃启门，将士相持泣。

十月，睢阳粮尽援绝，于是有人提议突围东走，而张巡、许远反复商量，以为："睢阳，江、淮之保障，若弃之去，贼必乘胜长驱，是无江、淮也。且我众饥赢，走必不达。古者战国诸侯，尚相救恤，况密迩群帅乎！不如坚守以待之。"

至此茶纸既尽，遂食马；马尽，罗雀掘鼠；雀鼠又尽，巡出爱妾，杀以食士，远亦杀其奴；然后括城中妇人食之；既尽，继以男子老弱。城里的将士、百姓被张巡的誓死战斗的精神所激动，知必死，莫有叛者。

公元757年十月，尹子奇再率领叛军用云梯爬上城头，城头上的守军饿得已不能战。张巡西向拜曰："孤城备竭，弗能全。臣生不报陛下，死为鬼以疠贼。"城遂陷。张巡、许远、雷万春、南霁云、姚誾等三十六名将领全部被俘。全城只剩下四百来人。

睢阳陷落的时间是公元757年10月初九日，而唐军在九月二十五日开始全面反攻，二十八日收复长安。十月十六日安庆绪退出洛阳，北走河北，河南叛军也纷纷北撤，十月十八日唐收复东京洛阳，睢阳陷落与安庆绪北逃相距仅7天。也就是说，尹于奇打下睢阳，来不及继续沿运河向东南推进就被迫北撤了。张巡、许远步步为营，沿运河一线拼死抗击叛军达两年之久。

犹有国人怀旧德，一间茅屋祭昭王
——楚昭王

题楚昭王庙

韩愈

秋坟满目衣冠尽，城阙连云草树荒。

犹有国人怀旧德，一间茅屋祭昭王。

这首诗为元和十四年韩愈被贬赴潮州途中所作。楚昭王，春秋时楚国君主，曾击退吴国入侵，收复失地。庙在湖北宜城县境，宜城为楚昭王的故都。

楚昭王熊壬（约公元前 523 年—前 489 年），芈姓，熊氏，又名轸。楚平王之子。公元前 516 年，楚平王死，不满 10 岁的太子壬继立，改名熊轸（珍），是为昭王。

公元前 515 年春，吴伐楚。公子掩余和公子烛庸率吴师主力与楚主力持于潜邑（今安徽霍山县东北），吴师后路被楚师切断，进退两难。时遇吴国发生宫廷政变，公子掩余奔徐，公子烛庸奔钟吾（今江苏宿迁市）。公元前 512 年，吴王阖闾要求徐国引渡公子掩余，要求仲吾引渡公子烛庸，二公子无奈，向楚国请求避难。楚昭王令监马尹大公迎接二公子，把他们安置在养邑（今河南商丘县），为二公子筑城，并以城父和胡邑割田，扩大二公子的封邑。阖间因徐和钟吾纵令二公子奔楚，一举攻灭了这两国。接着命伍员为行人，问以伐楚之术，伍员建议三分吴师，轮流骚扰楚国。不久，伍员就受命执政，位同上卿。阖闾与伍员、孙武、伯嚭伐楚，奇兵突袭，俘公子掩余和公子烛庸而杀之。阖闾问诸将可否直捣郢都，孙武以为民众疲罢，不利远征，尚须假以时日，方能深入楚境，阖闾从其议。公元前 511 年，吴师两度袭扰楚境，都是待楚师一到就撤退。此为伍员的"彼出则归，彼归则出"的策略。而这时楚国的君臣没有史墨那样透彻的认识，尚未想到一场空前的危机正向他们逼近。这是因为惯于外线作战、灭人之国、夺人之地的楚人，很难想到敌人居然会打进楚国的腹地甚至郢都来。这时，身为吴国执政大夫的伍员和孙武正在等待，急切地盼望从位于吴楚之间的小国中找到盟友。因为吴都到楚都，路途遥远，吴师最大的困难在于补给。他们虽有良将劲卒，但兵员比楚少得多，欲打进楚国，非高速进兵，出其不备不可。如果中途没有盟国支援，军粮靠后方输送，就将成为空想。恰在这时，贪婪的楚令尹囊瓦为索取蔡昭侯华贵的裘袍和精巧的玉佩，以及唐成公的两匹骏马，放走了正在郢都滞留三年的蔡、唐侯回国。蔡、唐二人离楚后发誓，天下诸侯，无论其为谁，如能伐楚，甘充前例。并求晋人伐楚。

公元前 506 年春，晋、齐、鲁、宋、蔡、卫、陈、郑、许、曹、莒、邾、顿、胡、滕、薛、杞、小邾共 18 国在召陵会盟，商议伐楚。因晋大夫苟演像囊瓦一样贪婪，会盟毫无结果。蔡昭侯派一位公子到吴国做人质，央求吴人讨伐楚国。经蔡昭侯牵线，吴、蔡、唐三国组织了一个以吴国为主角的反楚同盟。吴师的补给由蔡国和唐国分担。

兵贵神速，吴师不宣而战。吴师以当时所能动用的最大兵力和所能达到的最高速度，在楚人浑浑噩噩之际，进入了楚国的腹地、楚师节节败退。公元前506年冬（十一月）庚年，两军决战于柏举（一说今麻城，一说应在今安陆县一带），楚师大败，退到雍丘（今湖北京山县）被吴师追上，溃散。吴师进逼郢都。

柏举决战后的第九天，昭王一家连同其妹季？携随从弃都避难。昭王渡过汉水，一天晚上，正露宿时，遇到强盗。强盗用戈击昭王，王孙由于扑在昭王身上，昭王无恙，王孙由于此因肩部重伤而昏迷不醒。在黑暗和慌乱中，昭王一行逃往郧国。郧公为斗辛，其弟有斗怀和半巢，斗怀要杀死昭王，为其父蔓成然报仇，被斗辛断然阻止。斗辛和半巢护送昭王一行逃到了随国。

柏举决战后的第十天，吴师攻破郢都。自吴王而下，按尊卑顺序，分别住进楚王的宫室和令尹、司马等官员的府第。与此同时，楚大夫申包胥跑到秦国求援，对秦哀公说：吴国像大野猪、大长虫（长蛇），要把上国一个一个吞灭。敝国灭亡了，贵国也将不得安宁。贵国何不出兵？出了兵，至少可以分到一些土地和民众。以后敝国如果永劫不复，也将是贵国的土地和民众。贵国如果有意保存敝国，敝国将世世代代服事贵国。秦哀公听了尚不为所动，答称要商量商量。申包胥不肯告退，也不肯进食，哭了7天7夜之久，秦哀公终于答应出兵了。

入郢前打着主动仗的吴人，入郢后却打起被动仗来了。吴师在楚国的腹地滞留得愈长久，遇到的困难就愈严重。楚人有怀旧、念祖、爱国、忠君的传统。吴师入郢后，平民不惜与吴师拼命。吴师的行为愈残暴，楚人的反抗就愈强烈，对阖闾尤为痛恨，以致有一夜阖闾换了五个住处。楚人群起与吴师斗争，没有将领，就由当过兵的负责操练和指挥，口号是"各致其死，却吴兵，复楚地"。昭王长庶兄子西建树王旗，安定人心，招集散兵，组织抗战。至公元前505年，这场战争把另外几个国家也或深或浅地牵扯进去了。

周天子见楚国为吴师所破，自顾不暇，派刺客到楚国，杀死了王子朝。蔡国因负责吴师的补给而缺粮，向鲁国求助，鲁国送了些粟给蔡国。越王允常见吴师主力久出不归，乘隙袭扰吴国。秦师500乘，以子蒲、子虎为帅，出武关，过申县，败夫概王于沂邑（今河南正阳县境）。与此同时，散而复聚的楚师败吴师于军祥（今湖北随州市西南）。秦师纵横于方城内外，楚师出没于汉水南北，楚人则支援秦师和楚师而阻扰吴师，吴师穷于应付。是年秋，楚秦合兵击灭为虎作伥的唐国。夫概王不告而别，率所部回国，自立为王，阖闾见前方大势已去，后方大患日亟，当即命全军撤回吴国。

吴师退走之后，昭王回到郢都，时为10月。历时10月余的大战终于结束了。在这场大战中，受祸最惨的是郢都的国人，郢都经吴师蹂躏，残破不堪。于是，昭王决定迁都，而仍称之为郢，以示不忘其旧。从昭王十一年冬起作为首都的郢，称为"载郢"。其地与熊渠所封句亶王治所相近，早就有楚人聚居。大约在战国中晚期之际，已被称为"江陵"，载郢的遗址，最迟在东汉晚期，已被称为"纪南城"。载郢成为首都以后，原来的郢都就以上名"鄢郢"见称了。

公元前 489 年，昭王病重，临终之际，昭王要子西继为王，子西坚辞不受；要子期为王，子期的态度一如子西。昭王又要子闾（公子启）继为王，子闾也坚持不受，昭王连说了五次，子闾连辞了五次。子闾见事态如此，为了安慰昭王，假意受命，昭王死，子闾与子西、子期议决，封锁消息，阻绝路口，秘密派精干的使者回郢都，迎昭王子熊章到城父，立之为王。熊章即楚惠王，其母为越国女子。惠王即立，楚师乃回国。这时的楚国已经从濒于危亡的大难中复苏，国力渐充，威名益著，但不像霸主那样气焰灼人，在国内使民众得到了安宁，在国外树立了一个并不招惹反感的形象。

天地英雄气，千秋尚凛然
——刘备

蜀先主庙

刘禹锡

天地英雄气，千秋尚凛然。

势分三足鼎，业复五铢钱。

得相能开国，生儿不象贤。

凄凉蜀故妓，来舞魏宫前。

这首诗是凭吊古人的，也可以看成史论诗。主要在于称颂刘备，而贬讥刘禅诗的首联写刘备在世是叱咤风云的英雄，千秋后的庙堂仍然威势逼人。

汉昭烈帝刘备（161—223年），字玄德，河北涿县人，汉景帝之子中山靖王刘胜的后代，为三国蜀汉开国君王。东汉灵帝末年，与关羽、张飞一道讨黄巾贼有功，遂为安喜寨县尉。密诛曹操不成，潜逃。三顾茅庐始得诸葛亮辅佐。后与孙权联合大败曹操于赤壁，取得益州与汉中，自立为汉中王。221年，于成都即位称帝，国号汉，年号建章。伐东吴兵败，损失惨重，退回白帝城，因病崩逝，享年六十二，谥号昭烈帝，史称为刘先主。

刘备身高七尺五寸，垂手下膝，眼能看到耳朵。小胡须，就此曾被刘璋时官吏张裕取笑。为人不太爱说话，喜怒不形于色，不甚爱读书，喜玩狗马、听音乐、穿美衣服、与豪杰交朋友，而且善待下人、百姓，有说曾因其仁德而感动了一位刺客，放弃杀死自己。

少时的刘备已梦想有日能坐天子的车。刘备虽然有仁德，但他也是一个有野心的枭雄。如刘备住在荆州数年，一次与刘表饮酒时，到厕所时见髀里肉生，感叹自己早年征战四处、身不离鞍，但现在征战不再，髀里肉生，感触落泪。更多次建议刘表北伐，但刘表都不接受。

民间俗传三国时刘备、关羽、张飞在桃园结拜兄弟。《三国演义》第一回："飞曰：'吾庄后有一桃园，花开正盛；明日当于园中祭告天地，我三人结为兄弟，协力同心，然后可图大事。'玄德、云长齐声应曰：'如此甚好。'次日，于桃园中，备下乌牛白马祭礼等项，三人焚香再拜而说誓曰：'念刘备、关羽、张飞，虽然异姓，既结为兄弟，则同心协力，救困扶危；上报国家，下安黎庶；不求同年同月同日生，只愿同年同月同日死。皇天后土，实鉴此心。背义忘恩，天人共戮！'誓毕，拜玄德为兄，关羽次之，张飞为弟。"后遂为结拜兄弟，共同谋事的典故。

刘备，蜀汉的开国皇帝，相传是汉景帝之子中山靖王刘胜的后代。刘备少年丧父，与母亲贩鞋织草席为生。十五岁时外出求学，与同宗刘德然、公孙瓒拜卢植为师，并与公孙瓒结为好友。

184年，黄巾民变爆发，受到商人张世平、苏双资助，刘备组织起义兵，跟随邹靖讨伐黄巾军，立下战功，被任为安喜尉。后因不满因公到来的督邮行事，将其捉拿，又痛打一顿，然后弃官逃亡。

后来，大将军何进派毌丘毅到丹杨募兵，刘备也在途中加入，到下邳时与贼战斗有功，任为下密县丞，不久又辞官。190年，再被任为高唐县尉、县令，更加入了讨伐董卓战役。不久，被贼兵打败，投奔公孙瓒，被表为别部司马，与田楷一同防御袁绍，因功被封为平原县令、平原相。

194年，曹操攻打陶谦，陶谦求救于田楷，田楷带同刘备一起前往相救并击退曹军，陶谦特意送四千丹杨兵给刘备，刘备便依附陶谦，屯于小沛，并被表为豫州刺史。194年，陶谦病死，麋竺、陈登迎刘备入主徐州。后被朝廷拜为镇东将军、封宜城亭侯。195年，被曹操打败的吕布来投，刘备准他屯于小沛。

第二年，袁术攻打刘备，刘备迎击，但吕布乘机偷袭下邳，刘备惟有改驻海西，途中打败了杨奉、韩暹、冠徐、扬闲等人。后来吕布迎回刘备，还其妻子，准他屯小沛，不久又聚合万余兵。吕布感到危险，出兵攻打小沛，刘备败走，投奔曹操。后曾想再占回小沛，但被高顺所败。198 年，刘备跟随曹操成功消灭吕布。后还许昌，刘备被表为左将军，曹操对其礼遇有嘉，出则同车，坐则同席。

汉献帝因不满曹操，令其岳父董承带诏要诛杀曹操，刘备也加入行动，日常在家种菜，减小曹操的压力。一日，曹操宴请刘备，对刘备说："今天下英雄，唯使君与操耳。本初之徒，不足数也。"刘备听后，吓得筷子也掉在地上了，此时刚好打雷，刘备便对曹操说："圣人云'迅雷风烈必变'，良有以也。一震之威，乃可至于此也！"不久，在南方失利的袁术想北投袁绍，曹操便派刘备攻击袁术，但军未到，袁术已病死。

199 年，刘备乘机占据下邳，并杀死徐州刺史车胄，留关羽守下邳，自己回守小沛，一方面派遣孙干与袁绍连合，并再连同多个地方势力起兵反曹。曹操曾派刘岱、王忠攻打刘备，但不成功。200 年，董承事败被杀，曹操东征刘备，刘备大败，曹操虏获刘备妻子，及生擒关羽。

刘备逃至青州，青州刺史袁谭亲自迎接，并报知袁绍，袁绍也亲到邺城外迎接。待了一个多月后，以前的部下又重新聚会。不久，曹操与袁绍发生战争，汝南黄巾余军刘辟等响应袁绍叛曹。袁绍便派刘备率军与刘辟会合。曹操派曹仁攻打汝南，刘备惟有还军袁绍。刘备正想离开袁绍，便说服袁绍应南连刘表。袁绍派刘备再到汝南与龚都会合。曹操再派蔡阳攻击刘备，为刘备所杀。

201 年，于官渡之战大败袁绍的曹操南攻汝南，刘备败走弃城，并派糜竺、孙干与刘表会面，刘表亲自到郊外迎接刘备，待以上宾之礼，准他屯于新野。刘表虽礼待刘备，但对其有所顾忌，而且刘备与荆州很多豪杰结交，所以对他不甚信用，也不接受其北伐意见。202 年，曹将夏侯惇、于禁等南侵至博望，双方对持，刘备设下伏兵，火烧自营伪退，夏侯惇等追杀，为伏兵所破。

　　207 年，三顾草庐请得诸葛亮加入，得出隆中对的战略方针。208 年，曹操南下，8 月刘表病卒，次子刘琮即位，遣使投降曹操。刘备知道曹操南下后，弃樊城南逃。刘琮的人马及荆州人都跟随刘备南逃，到达当阳时，已集十余万人，辎重数千辆，一日只能走十余里，便另遣关羽乘数百艘船先走，到江陵会合。曹操怕刘备先占领江陵，派五千精骑追赶，两军于当阳的长坂遇上，刘备弃妻子先逃，与大军失散，幸而于汉津遇上关羽船队，与刘表长子刘琦的万余人，一起逃到夏口。刚好鲁肃来探听消息，刘备便派诸葛亮出使孙权，与孙权结盟，并与孙权将领周瑜、程普的部队战于乌林，大破敌军。

　　刘备表刘琦为荆州刺史，又征荆南四郡，武陵太守金旋、长沙太守韩玄、桂阳太守赵范、零陵太守刘度皆降，武陵太守金玄被刘备攻劫死，降者疑为其部下。雷绪也率部曲数万人口投效。后刘琦病死，诸将推举刘备为荆州牧，孙权也将其妹嫁给刘备。211 年，益州牧刘璋为防卫曹操进攻益州，接受张松建议，邀请刘备入蜀帮忙。派法正带四千人及巨款送给刘备，刘备便亲自率军入蜀。到达涪城，刘璋亲自出迎。张松、法正及庞统都提议刘备可乘机杀了刘璋，但刘备不从。刘璋推刘备行大司马，领司隶校尉。刘璋配给刘备士兵，令他攻击张鲁，但刘备却未有出兵，而是收买民心。

212年，刘备要求刘璋借兵、借粮还军荆州，援助孙权，但刘璋只给他一半。而刘璋又发现部下张松私通刘备取蜀，双方决裂。刘备斩杀杨怀，进逼刘璋，冷苞、张任、邓贤等坚守涪城对抗刘备，但被攻克。攻至绵竹关，守将李严投降。214年，于雒城被刘循挡攻势，战事长达一年，幸而诸葛亮、张飞、赵云等率军入蜀援助，最终刘璋投降，刘备成为蜀主。215年，孙刘开始争夺荆州，最后决定将其平分，但双方关系已经恶化。

217年，刘备率军北上，并于219年夏天，占据汉中，自称汉中王，同时占领上庸。同一年冬天，关羽被孙权所杀，相方正式决裂。220年，曹丕篡汉自立，刘备也于第二年自立为帝，建立蜀汉。221年，刘备称为关羽报仇，发兵东吴，但被吴将陆逊在夷陵之战打败，最终撤退到白帝城，托孤于诸葛亮与李严。于223年4月病死，谥号为昭烈帝，5月，将尸首由永安运返成都，八月下葬。

万古唯留楚客悲：诗词中的怀古故事

穆王八骏天马驹，后人爱之写为图
——周穆王骑八骏游天庭

八骏图

白居易

穆王八骏天马驹，后人爱之写为图。

背如龙兮颈如象，骨竦筋高脂肉壮。

日行万里速如飞，穆王独乘何所之？

四荒八极踏欲遍，三十二蹄无歇时。

属车轴折趁不及，黄屋草生弃若遗。

瑶池西赴王母宴，七庙经年不亲荐。

璧台南与盛姬游，明堂不复朝诸侯。

《白云》《黄竹》歌声动，一人荒乐万人愁。

周从后稷至文武，积德累功世勤苦。

岂知才及四代孙，心轻王业如灰土。

由来尤物不在大，能荡君心则为害。

文帝却之不肯乘，千里马去汉道兴。

穆王得之不为戒，八骏驹来周室坏。

至今此物世称珍，不知房星之精下为怪。

八骏图，君莫爱。

　　这是一首托物讽咏的诗作。据古籍记载，周穆王驾八骏马西游，到西王母处游宴很久。

周穆王五十岁时继承王位。登基之初，东征西讨十分辛苦。等到四海平定国泰民安以后，他便把国事安排给大司徒君牙、太仆正伯同管理，而他则带领随从各处巡查游山玩水，以享天子之乐。

十五年冬，周穆王到苹阴打猎，遇上狂风暴雪，天气奇冷，穆天子只得败兴而归。有一天他正在宫中苦坐无聊，有人报告说，大街上有个人敞胸赤足，头上的热气像蒸笼一样，狂歌过市，招惹得好多人围观。穆王知道这不是个寻常之人，命召进宫来一看，但见那人身披紫绡，周系白藤，长髯飘拂，翩翩有仙家之气。穆王请问尊号仙居，那老头道："我乃是黄帝的大臣容成公，一直在南方云游盘桓，听说这京城很热闹，闲着没事，随意转转。"穆王大吃一惊，黄帝轩辕氏距周已三千多年了，容成公乃是黄帝的股肱大臣，居然健在，真是不可思议。周穆王继位之前就喜欢跟道人方士交往，和他们谈经说道，津津有味，终日不倦。如今神仙自天而降，自然令他大喜过望。他慌忙请容成公上坐，下拜致谢。穆王向他请教健身方法，容成公讲述了养生守气，补导之法。穆王进一步请教长生之道，容成公说："贵为天子，享尽人间荣华富贵，能够延长寿命就该知足了，还顾得上考虑那么远吗？"穆王再三求问，容成公只顾饮茶不再回答。穆王无奈只好说："那么你说，天底下还有哪些地方是最好玩的呢？"容成公回头答道："这个我可以给你说说。海内有九州，这已有版图可查，至于八荒之外的情景，非亲身察看是无法知道的。一般的人只知道中原有五岳，岂不知五岳之外还有五大山。渤海东面有广乘之山，涨海南面有丽农之山，清海西面的叫大西岳，瀚海之北的叫广野之山，四山之中叫昆仑山。昆仑在八水之间，撑天拄地是西王母大宴群仙的地方。昆仑山上有琼华玉阙、玉楼玄台、紫虚殿、碧琳堂、馆宇亭榭不可悉数，瑶池、翠水、金井、飞瀑风光无限。这是海外五大山。海上更有九洲三岛，百屿千岩，其上亿万山峦丘壑不可胜计。这就是八极之大观。

穆王听了神驰心移，半晌才感慨万端地说道："天下竟有这么多的仙景不能游览，真是枉为天子，岂不让世人笑话吗？"容成公哈哈大笑："我等腾云驾雾，日行万里，尚得十天半月才能到达，像你这样的肉体凡夫，一辈子都走不到。况且那些山都在海外，有船也渡不了。唯有中岳昆仑与华夏最近，有陆地相通。但是也必须有天马神驹和训练有素的驭手，才有可能超越险阻。"穆王又问："那西王母到底是个什么人？"容成公说道："与天地共生、众仙之母。"穆王心里仰慕不已，他决心要去拜访西王母。容成公说从镐京到昆仑单程有十个十万八千里，中间经过九座大山，九条长河。但是穆王决心已定，不允更改，所忧虑的只是到哪里去寻找天马神驹。容成公告诉他，武王伐纣以后，天下太平，曾把一批战马赶到夸父山上放野，那都是些身经百战、日行千里的神马，如果能把那些马找到，去瑶池巡游一趟也并不难。穆王十分感谢，要留容成公在宫里长住，以便于早晚请教。容成公说："或许咱们会在昆仑再见吧。"说罢竟飘然而去。

自此以后周穆王一门心思都放在筹备去瑶池的事上了。他命人在街上张贴布告，招募驾车的人。半年以后才找到一个著名御者名叫造父。造父是汾河人氏，曾拜泰豆为师，在太行山顶上学习驾车技术。三年以后师傅在地上竖起很多木桩，木桩之间只能容纳一只脚，让造父在木桩之间走，什么时候练到行动自如，不触不跌，宛如游龙，师傅才给他传授技术。造父一丝不苟，只用了三天时间就学会了。师傅高兴地夸奖他说："你真聪明啊！"便毫不保留地传授了一套驾车技术和养马秘诀。造父在老师的指导下，经过自己细心研究和勤奋实践，终于成为一个本领超群的御者。

造父受命到夸父山上寻找天马，他历尽千辛万苦，终于在山北方园三百里的森林里找到了这种神驹。造父从中挑选了八匹带回来，献给周穆王。周穆王一见心中大喜，命令造父把马送到乐海岛的龙川精心驯养。龙川有一种草叫"龙刍"，马吃了一天能跑千里。古谚说："一株龙刍，化为龙驹"，说的就是这个意思。

这八匹马各有一个完全不同的名字：第一匹叫绝地，跑起来蹄不着地；第二匹叫翻羽，跑起来比飞鸟还快；第三匹叫奔霄，一夜可以行万里；第四匹叫超影，能够追逐太阳奔跑；第五匹叫逾辉，不但跑得快而且毛色光辉灿烂；第六匹叫超光，奔跑起来比日影还快十倍；第七匹叫腾雾，跑起来可以腾云驾雾；第八匹叫挟翼，身上长着肉翅，跑起来有如飞龙。

一切准备就绪，周穆王叫人占卜一卦，卦意遇讼、逢公，没什么可忧虑的。十七年春，穆王决定起程。太仆正伯同上前阻拦，苦谏不可荒游。穆王道："我从小就崇尚神仙，像黄帝那样．愿我的车辙马迹走遍天下。今天在神仙的帮助下，好不容易得到了天马和神御，正准备周游西极，拜见王母，还怕什么沿途的草寇和艰苦吗？"穆王把国家大事一一托付给君牙、伯同等诸臣便带着礼物，选择了一个黄道吉日，整装出发了。他随身还带了一只名叫耗的猛狗，这只浑身白毛的狗，已经跟随他七年了，是防风氏赠送的珍贵礼物，它一天能奔跑一千九百里，连老虎、金钱豹都能被它吞吃掉。

车驰马骤，迅疾如惊弓之鸟，光闪如匹练流星，耳畔只听到呼呼风响，一息数十里，已过万重高山。没有几天，造父驾驭的八骏车越过了八座高矗的山峰，跨过了八条波涛汹涌的江河。

天马正奔腾着，突然山后跳出一个怪物，龙头虾身，虽然只有一条腿，却有十只手；每只手里握着杂七杂八的石制武器，嘴里喷着火，拦住了去路。不一会，火停了，只听到怪物在唱：

"此路是我开，此山是我家；若要从此过，留下四匹马。"

周穆王吃了一惊，他正要设法对付，那头白毛的耗，早从车上跃下，直奔怪物。一场搏斗开始了，双方各显神通，争斗不下，怪物虽然多手，但因为是一只脚，跳来跳去，终究比不上耗的灵活，它渐渐地不支了。就拿出它最凶的招数，嘴中喷火。大火熊熊，顿时漫天遍野一片通红。

周穆王见状哈哈大笑，原来他还有止火的武器。他从衣襟里抽出一只玉笛，对着火焰吹奏起来。忽然乌云密布，带来了倾盆大雨把火一下浇灭了。怪物见破了它的魔法，吓得慌忙逃命去了。

他们来到弱水边，也就是最后一关。这弱水虽然波涛汹涌．可水上连一根鸿毛都浮不起来。天马踟蹰不前，周穆王拔出身上玉斧，朝车前横木轻轻地敲了三下，突然，奇迹出现了，江面上整整齐齐排列了九十九万九千条大鳄鱼，头衔尾，尾衔头地接成一座浮桥，造父的车子渡过去了。

周穆王终于来到灵山，在瑶池见到西王母，他十分礼貌地送上白圭玄璧和异彩纷呈的丝缘，西王母特派仙女到天池采撷结果已有九千年的蟠桃，招待从东方来到的第一个贵宾。

后王何以鉴前王？请看隋堤亡国树
——隋炀帝与大运河

隋堤柳

白居易

隋堤柳，岁久年深尽衰朽。

风飘飘兮雨萧萧，三株两株汴河口。

老枝病叶愁杀人，曾经大业年中春。

大业年中炀天子，种柳成行夹流水。

西自黄河东至淮，绿阴一千三百里。

大业末年春暮月，柳色如烟絮如雪。

南幸江都恣佚游，应将此柳系龙舟。

紫髯郎将护锦缆，青娥御史直迷楼。

海内财力此时竭，舟中歌笑何日休？

上荒下困势不久，宗社之危如缀旒。

炀天子，自言福祚长无穷，岂知皇子封酅公。

龙舟未过彭城阁，义旗已入长安宫。

萧墙祸生人事变，晏驾不得归秦中。

土坟数尺何处葬？吴公台下多悲风。

二百年来汴河路，沙草和烟朝复暮。

后王何以鉴前王？请看隋堤亡国树。

　　在这首诗中，作者白居易对隋炀帝开掘大运河，给予了高度的评价。

　　隋炀帝杨广是隋文帝第二个儿子，以"暴君"之称在历史上留下了臭名。

　　隋文帝对子女要求很严，当他发现太子杨勇生活奢侈，喜欢讲排场，就教训道："从古到今，生活奢侈的帝王，没有一个能够坐长龙椅的。你是太子，怎么能不注意节俭呢？"

　　当时身为晋王的杨广，摸清了父亲的心思，表面上装得非常老实，孝顺隋文帝和独孤皇后，而且特别节俭、朴素，骗取了隋文帝和独孤皇后的信任。隋文帝把杨勇的太子名分废了，改立杨广为太子。后来他发现杨广是个品质恶劣的人，想把杨勇召回，但为时已晚。杨广谋刺了六十三岁卧病在床的隋文帝，夺取了皇位。

　　隋炀帝当上皇帝才四个月，就下令迁都洛阳。当时征发了几十万民工挖长堑（壕沟），从山西龙门（在今陕西韩城与山西河津之间）挖起，最后到上洛（今陕西商县），与关中连接，全长数千里，作为新建京城的屏障。

营建洛阳东都的工程开始后，每个月要使用二百万民工。造宫殿选用一流的木材石料，都是从长江以南、五岭以北的地区运来的，限于当时的运载条件，一根巨形柱子就得上千人来拉。在洛阳西面，造了一座名叫"西苑"的大花园，方圆达二百里，专供隋炀帝玩赏。西苑南半边开了五个湖，湖里有龙舟凤船在荡漾，岸边都栽满了桃花、柳树，湖旁筑了几条长堤，堤上每隔百步就有一处亭榭；西苑北半边造了一个"海"，"海"里有蓬莱、方丈、瀛洲三座"神山"，山上建有精致的亭台楼阁，有一条渠把这个"海"与五湖相通。隋炀帝还造了四十多所离宫别馆，在全国各地搜求嘉木异草、奇材怪石，以供自己寻欢作乐。

为了控制全国，并使江南的物资能较方便地运到北方来，同时自己又能轻松地到各地游玩，隋炀帝修通了五千余里的大运河。修运河分几个步骤：先从洛阳西苑到淮河南岸的山阳（今江苏淮安），开通了一条叫"通济渠"的运河，即从洛阳引谷水、洛水入黄河，再引黄河水入淮河；再从山阳到江都（今江苏扬州），疏通并凿深、加宽了春秋时期吴王夫差开的一条叫"邗（hán）沟"的运河，即将淮河和长江连接了起来。这样一来，从洛阳到江南的水路交通就十分便利了。此后，又从洛阳的黄河北岸到涿郡（今北京），开通一条叫"永济渠"的运河；接着，从江都对面的京口到余杭（今浙江杭州），开通一条叫"江南河"的运河。这四条运河连接起来，就成了一条贯通南北的大运河，加强了都城和富饶的河北、江南的联系，对我国经济、文化的发展和国家的统一，起了重要的作用。

隋炀帝在位十四年，四出巡游就达十一年。有了运河，他光江都就巡游了三次，为此建造了龙舟及各种各样的船只数万艘。一路上，隋炀帝和萧皇后分别乘着两艘四层高的大龙船，船上装饰得像宫殿一样金碧辉煌；接着是皇妃宫女、王公贵族、文武百官分乘几千艘彩船；最后是卫兵乘的及装载后勤物品的几千艘大船。这庞大的船队在运河里排开，前后竟有二百里长。

八万多个民工，专门为船队拉纤。船队在运河里行驶，岸边有骑兵护送；船队停下来，当地的州县官员就逼着百姓办酒席"献食"。

隋炀帝还从陆路到北方去巡游，为此开凿了数千里驰道（供国君车马行驶的大道）。为了自己的安全，隋炀帝征发一百万民工修筑长城，在五十万将士的护卫下在北方边境巡行了一圈。

隋炀帝好大喜功，曾对西部和北方边境的突厥、吐谷浑等族发动进攻；多次发动对高丽（今朝鲜）的战争，如在公元612年第一次对高丽的战争中，动用军队一百十三余万人，民工三百多万人，运送军需的舟车连接起来长达千余里，战士、民工又苦又累，许多人病死在路旁，而战争却是以惨败告终。

隋炀帝即位时，正是隋朝蒸蒸日上之际。隋炀帝妒贤嫉能，滥杀无辜，每年都要役使几百万民工，人民不堪负担，只有起来反抗了。隋炀帝的倒行逆施，很快就将隋王朝葬送掉，自己也在江都被禁军将领宇文化及杀死。

茂陵刘郎秋风客，夜闻马嘶晓无迹
——雄才大略汉武帝

金铜仙人辞汉歌

李贺

茂陵刘郎秋风客，夜闻马嘶晓无迹。
画栏桂树悬秋香，三十六宫土花碧。
魏官牵牛指千里，东关酸风射眸子。
空将汉月出宫门，忆君清泪如铅水。
衰兰送客咸阳道，天若有情天亦老。
携盘独出月荒凉，渭城已远波声小。

茂陵，指的是汉武帝的墓。刘郎是指汉武帝刘彻。"茂陵刘郎秋风客，夜闻马嘶晓无迹"两句是说，已经死去多年的刘彻，经常骑马出入汉宫，夜来夜去，早上就不见踪迹。

在汉朝除了高祖刘邦，最有名的就是武帝刘彻了。但就成就而言，武帝又超过了刘邦。西汉在武帝时达到了鼎盛时期。

武帝出生于公元前 156 年，父亲就是汉景帝刘启，碰巧这年又是景帝登基之年。等他出生时就已经是皇子了。武帝的母亲是王美人，美人是嫔妃的一种等级。后来传说在武帝母亲怀孕时梦见了太阳钻入怀中，汉景帝听说了，很高兴，认为是个吉利的梦，预示着小孩子将来会有大作为。

但刘彻的母亲因为不是皇后，所以她生的儿子按照封建时期的规定不能继承皇位，不过，后来他终于如愿地当上了太子，最终登上了皇位。

在武帝四岁时，景帝封他为胶东王，做太子的是他的哥哥刘荣。后来，武帝的命运转折靠了景帝的姐姐长公主的帮助。长公主有个女儿叫陈阿娇，开始长公主是想把自己的女儿许给太子刘荣，将来太子一即位，女儿就是皇后了。但是太子的母亲栗姬却不领情，这使长公主非常生气，从此与栗姬作对。这使武帝成了获利的"渔翁"。

长公主将目光转向了平时也很喜欢的武帝，但武帝的父亲景帝不太支持。长公主便想办法促成了此事：有一次，她在景帝的面前故意问武帝愿不愿意要阿娇做他的妻子？武帝也很喜欢阿娇，见姑姑问，便很大方地说："以后如果能娶阿娇做妻子，我就要亲自建造一栋金屋子送给她。"父亲景帝见武帝和阿娇也很般配，便同意了这门亲事。

长公主并不是一般的公主，他在景帝时也算得上是个很有地位的人物，她对景帝的影响不容忽视。由于她的极力策划和帮助，加上武帝自己的表现，景帝最终选择了武帝这个才华出众的儿子做了太子，同时，武帝的母亲王美人也被升为皇后。此时的武帝刚刚七岁。

武帝做了太子后，更加勤奋学习，景帝还给他请了很有学识的卫绾做他的老师。武帝的学习范围很广，包括了骑马、射箭和经学与文学。

到了公元前140年，十六岁的汉武帝正式继承了皇位，他雄心勃勃地想将文景之治的盛世继续下去，但在初期却遇到了阻力。这主要是当时的太皇太后窦氏，即武帝的爷爷汉文帝的皇后。从她做皇后到这时，已经有四十年了，本家族在朝廷的势力很是庞大。按照规定，分封的一些王与侯都要到各地自己的封地去，但窦氏的亲属们都不愿意到那些边远的地方去，都留在京城。互相勾结，违法乱纪的事经常发生。对于窦氏来说，她和武帝的治国思想也有很大的区别。

窦氏喜欢的还是在汉朝初年很盛行的黄老思想，即远古的黄帝和近世老子的思想，主要是"无为而治"，这是汉初与民休息政策的基本治国思想，这使国家的经济得到了恢复和发展，促成了"文景之治"盛世景象的出现。但到了武帝时期，因为分封的诸侯王们对抗中央，所以迫切要求加强中央的权利来压制地方势力。这是武帝和窦氏太皇太后的思想分歧。

武帝即位后便开始实行自己的政治方略：安排自己信任的人掌管朝中大权，如让舅舅田蚡做太尉，掌握军权。同时，许多的儒生也被他重用。为了更多地选拔人才，武帝还下诏命令全国官吏向中央推荐人才，当时叫做"贤良方正"。有名的董仲舒就是在这次推荐考试中得了第一名。武帝召见他，探询治国的良策。董仲舒便将自己的一整套经过发展的儒家治国思想说给武帝听，武帝非常赞赏。

但武帝此时还没有力量和自己的奶奶窦氏较量，在他任命的重臣赵绾提出窦氏不应再干涉朝政时，惹恼了窦氏。窦氏逼迫武帝废除了刚刚实行的一系列的改革措施，自己任命的丞相和太尉也被迫罢免，有的大臣被逼死狱中。然后，窦氏宠信的人接替了这些重要职位，听从窦氏的命令。这对武帝是一个打击，但武帝有年龄的优势，他没有从此消沉，而是养精蓄锐，等待着时机。

四年之后，即公元前135年，窦氏去世，时机终于来了，武帝马上将窦氏的人一律罢免，将田蚡重新重用，做了丞相。治国思想也采用了儒家的主张，开始加强中央集权，对付地方的豪强势力。

东风不与周郎便，铜雀春深锁二乔
——赤壁之战

赤壁

杜牧

折戟沉沙铁未销，自将磨洗认前朝。

东风不与周郎便，铜雀春深锁二乔。

这首诗写得主要历史事件就是赤壁之战。

三国形成时期，孙权、刘备联军于汉献帝建安十三年（208年）在长江赤壁（今湖北蒲圻西北，一说今嘉鱼东北）一带大败曹操军队，奠定三国鼎立基础的著名决战。

曹操基本统一北方后，作玄武池训练水兵，并对可能动乱的关中地区采取措施，随即于建安十三年七月出兵十多万南征荆州（约今湖北、湖南），欲一统南北。时孙权已自江东统军攻克夏口（今武汉境），打开了西入荆州的门户，正相机吞并荆、益州（治成都），再向北发展；而依附荆州牧刘表的刘备，"三顾茅庐"得诸葛亮为谋士，以其隆中对策，制定先占荆、益，联合孙权，进图中原的策略，并在樊城大练水陆军。

　　曹操采用侍中、尚书令荀彧之计，领大军直出叶县、宛城（今河南南阳），另遣轻骑袭襄阳（今属湖北）。八月，刘表病亡，曹军放慢进军速度，施加军威，欲不战而得荆州。时孙权派鲁肃以吊丧为名，往观形势，拉拢刘备，团结刘表旧将，对付曹操。鲁肃在途中得知曹操进军荆州的消息，乃昼夜兼程赶向襄阳。刘表次子刘琮继任荆州牧，遣使投降曹操，迎接曹军。正加紧准备迎敌的刘备得知刘琮投降时，曹军已过宛城。

　　九月，曹操至新野（今属河南）接受刘琮投降后，逼向荆州腹地。刘备为避曹军锐气，与诸葛亮、徐庶等率十余万军民仓促南撤，退向战略要地江陵（今属湖北荆沙），并令关羽领万余水兵顺汉水、溯江水会师。刘备至当阳长坂（今当阳境），与鲁肃相见，接受其劝说，愿率军转东，向孙权靠近。时曹操已过襄阳，恐刘备先占江陵，亲率精骑5000，昼夜行300多里，追上刘备，将其击败，并获徐庶之母，迫徐庶来归。张飞率20骑断后，拆长坂桥，勒马横矛，令曹军疑惧，刘备方得脱险，东奔汉津（今钟祥境），恰遇关羽船队，刘表长子、江夏太守刘琦也领万余人接应。刘备军顺汉水至夏口，先遣诸葛亮至柴桑（今江西九江西南）见孙权，共谋抗曹，自率军屯樊口（今湖北鄂州境)。

　　孙权见刘备新败,又慑于号称 80 万的曹军声威,对联刘举棋不定。诸葛亮与鲁肃、周瑜等精辟分析形势,指出曹军不过 20 余万,且有后方不安、远道劳师、水土不服、短于水战等弱点,坚定了孙权抗曹决心。孙权不顾主降派张昭等反对,命周瑜、程普为左右督,鲁肃为赞军校尉,率 3 万精锐水兵,与刘备合军共约 5 万,溯江水而上,进驻夏口。

　　曹操乘胜取江陵后,又以刘表大将文聘为江夏太守,仍统本部兵,镇守汉川(今江汉平原)。益州牧刘璋也遣兵给曹操补军,开始向朝廷交纳贡赋。曹操更加骄傲轻敌,不听谋臣贾诩暂缓东下的劝告,送信恐吓孙权,声称要决战吴地。冬,亲统军顺长江水陆并进。

　　孙刘联军在夏口部署后,溯江迎击曹军,遇于赤壁。曹军步骑面对大江,失去威势,新改编及荆州新附水兵,战斗力差,又逢疾疫流行,以致初战失利,慌忙退向北岸,屯兵乌林(今湖北洪湖境),与联军隔江对峙。

　　曹操下令将战船相连,减弱了风浪颠簸,利于北方籍兵士上船,欲加紧演练,待机攻战。周瑜鉴于敌众己寡,久持不利,决意寻机速战。部将黄盖针对曹军"连环船"的弱点,建议火攻,得到赞许。黄盖立即遣人送伪降书给曹操,随后带船数十艘出发,前面 10 艘满载浸油的干柴草,以布遮掩,插上与曹操约定的旗号,并系轻快小艇于船后,顺东南风驶向乌林。接近对岸时,戒备松懈的曹军皆争相观看黄盖来降。此时,黄盖下令点燃柴草,各自换乘小艇退走。火船乘风闯入曹军船阵,顿时一片火海,迅速延及岸边营屯。联军乘势攻击，曹军伤亡惨重。曹操深知已不能挽回败局，下令烧余船，引军退走。

联军水陆并进，追击曹军。曹操引军离开江岸，取捷径往江陵，经华容道（今潜江南）遇泥泞，垫草过骑，得以脱逃。曹操留曹仁守江陵，满宠屯当阳，自还北方。

周瑜等与曹仁隔江对峙，并遣甘宁攻夷陵（今宜昌境）。曹仁分兵围甘宁。周瑜率军往救，大破曹军，后还军渡江屯北岸，继续与曹仁对峙。刘备自江陵回师夏口后，溯汉水欲迂回曹仁后方。曹仁自知再难相持，次年被迫撤退。

赤壁大战后，刘备乘胜取得武陵、长沙、桂阳、零陵等四郡，次年又任荆州牧，奠定了壮大发展、进据益州的基础。曹操吸取失败教训，大兴水军，进控江淮，与孙权对峙。孙权为抗曹，继续与刘备联盟，任其在荆州发展。三国鼎立格局逐渐形成。

万古唯留楚客悲：诗词中的怀古故事

胜败兵家事不期，包羞忍耻是男儿
——项羽自刎乌江亭

题乌江亭

杜牧

胜败兵家事不期，包羞忍耻是男儿。
江东子弟多才俊，卷土重来未可知。

杜牧会昌中官池州刺史时，过乌江亭，写了这首咏史诗。"乌江亭"即现在安徽和县东北的乌江浦，相传是项羽自刎之处。

项羽是秦末农民起义军领袖，灭秦之后自立为西楚霸王。后为刘邦击败，被围于垓下。

项羽的军队在垓下安营扎寨，士兵越来越少，粮食也吃没了，刘邦的汉军和韩信、彭越的军队又层层包围上来。夜晚，听到汉军的四周都在唱着楚地的歌谣，项羽大惊失色地说："汉军把楚地都占领了吗？不然，为什么汉军中楚人这么多呢？"项羽连夜起来，到军帐中喝酒。回想过去，有美丽的虞姬，受宠爱，常陪在身边，有宝马骓，常骑在胯下。而今……于是项羽就慷慨悲歌，自己作诗道："力能拔山啊豪气压倒一世，天时不利啊骓马不驰。骓马不驰啊怎么办，虞姬啊虞姬你怎么办！"唱了一遍又一遍，虞姬也同他一起唱。项羽泪流数行，身边侍卫也都哭了，谁也不能抬头看项羽了。

于是项羽跨上战马，部下壮士八百多人骑马跟随，当晚从南面突出重围，纵马奔逃。天亮的时候，汉军才察觉，就命令骑兵将领灌婴率领五千骑兵追击项羽。项羽渡过淮河，能跟上项羽的骑兵只有一百多人了。

项羽走到阴陵时，迷路了，向一农夫问路，老农骗他说："往左拐。"项羽往左走，就陷入了一片低洼地里，所以又被汉军追上了。项羽又率兵向东走，到了东城的时候，只剩下二十八个骑兵了，而追击的汉军骑兵有几千人。项羽自己估计这回不能逃脱了，对手下骑兵说："我从起兵打仗到现在已经八年了，亲身经历七十余次战斗，从没有失败过，所以才称霸天下。但是今天却终于被困在这里，这是上天要我灭亡，不是我用兵打仗的错误啊。我今天当然是要决一死战，愿为大家痛快地打一仗，定要打胜三次，为各位突出重围，斩杀汉将，砍倒帅旗，让各位知道这是上天要亡我，不是我用兵打仗的错误。"于是就把他的随从分为四队，朝着四个方向。汉军层层包围他们，项羽对他的骑兵说："我再为你们斩他一将。"命令四队骑兵一起向下冲击，约定在山的东面分三处集合。于是项羽大声呼喝向下直冲，汉军都溃败逃散，果然斩杀了汉军一员大将。这时赤泉侯杨喜担任骑兵将领，负责追击项羽，项羽瞪眼对他大喝，赤泉侯杨喜连人带马惊慌失措，倒退了好几里。项羽同他的骑兵在约定的三处会合。汉军不知道项羽在哪一处，便把军队分成三部分，重新包围上来。项羽就冲出来，又斩了汉军的一个都尉，杀死百余人。再一次集合他的骑兵，发现只不过损失了两个人，便问他的随骑道："怎么样？"骑兵们都佩服地说："真像您说的那样！"

于是项羽就想东渡乌江。乌江的亭长撑船靠岸等待项羽，他对项羽说："江东虽小，也还有方圆千里的土地，几十万的民众，也足够称王的了，请大王急速过江。现在只有我有船，汉军即使追到这，也没有船只可渡。"项羽笑道："上天要亡我，我还渡江干什么？况且我项羽当初带领江东的子弟八千人渡过乌江向西挺进，现在无一人生还，即使江东的父老兄弟怜爱我而拥我为王，我又有什么脸见他们呢？或者即使他们不说，我项羽难道不感到内心有愧吗？"接着对亭长说，"我知道您是忠厚的长者，我骑这匹马五年了，所向无敌，常常日

万古唯留楚客悲：诗词中的怀古故事

行千里，我不忍心杀掉它，把它赏给你吧！"于是命令骑马的都下马步行，手拿短小轻便的刀剑交战。仅项羽一人就杀死汉军几百人。项羽自己也负伤十多处。忽然回头看见了汉军骑兵司马吕马童，说："你不是我的老朋友吗？"吕马童面向项羽，指项羽给王翳看，说道："这个人就是项羽。"项羽便说道："我听说汉王悬赏千两黄金要买我的脑袋，并封为万户侯，我就送你这点好处吧！"说完就自杀身亡了。

商女不知亡国恨，隔江犹唱《后庭花》
——荒淫无度的陈后主

泊秦淮

杜牧

烟笼寒水月笼沙，夜泊秦淮近酒家。

商女不知亡国恨，隔江犹唱《后庭花》。

诗中所说的《后庭花》，即乐曲《玉树后庭花》。以此曲填歌词者很多，而以南朝陈后主陈叔宝所作最为有名。因陈后主是亡国之君，所以后人又把他所喜爱的《玉树后庭花》曲、词当作亡国之音的代名词。

陈武帝建立南陈王朝的时候，北方的东魏、西魏已经分别被北齐、北周代替。公元 550 年，东魏高欢的儿子高洋建立了北齐，公元 557 年，西魏宇文泰的儿子宇文觉建立了北周。北齐和北周互相攻战，到北周武帝时，灭掉了北齐，统一了北方。

北周武帝是个比较有作为的皇帝，但是继承他的周宣帝却是一个荒淫暴虐的人。周宣帝死去后，他的岳父杨坚夺取了政权。公元 581 年，杨坚即位，建立隋朝。这就是隋文帝。

在北方政治上动乱的时候，南陈王朝获得了一个暂时的安定局面，经济渐渐恢复起来。但是传到第五个皇帝，却是一个荒唐得出奇的陈后主。

陈后主名叫陈叔宝，是个完全不懂国事，只知道喝酒享乐的人。他大兴土木，造起了三座豪华的楼阁，让他的宠妃们住在里面。他手下的宰相江总、尚书孔范等，都是一伙腐朽的文人。陈后主和宠妃经常在宫里举行酒宴，宴会的时候，让他们一起参加。大家通宵达旦地喝酒赋诗，你唱他和，还把他们的诗配上曲子，挑选了一千多个宫女，为他们演唱。

陈后主这样穷奢极侈，他对百姓的搜刮当然非常残酷。百姓被逼得过不了日子，流离失所，到处可见倒毙的尸体。有个大臣傅縡上奏章说："现在已经到了天怒人怨、众叛亲离的田地了。这样下去，恐怕东南的王朝就要完了。"

陈后主一看奏章就火了，派人对傅縡说："你能改过认错吗？如果愿意改过，我就宽恕你。"

傅縡说："我的心同我的面貌一样。如果我的面貌可以改，我的心才可以改。"

陈后主就把傅縡杀了。

陈后主过了五年的荒唐生活。这时候，北方的隋朝渐渐强大起来，决心灭掉南方的陈朝。

隋文帝听从谋士的计策，每逢江南将要收割庄稼的季节，就在两国边界上集结人马，扬言要进攻陈朝，使得南陈的百姓没法收割。等南陈把人马集中起来，准备抵抗隋兵，隋兵又不进攻了。这样一连几年，南陈的农业生产受了很大影响，守军的士气也松懈下来。隋兵还经常派出小股人马袭击陈军粮仓，放火烧粮食，使陈朝遭到很大损失。

公元 588 年，隋文帝造了大批大小战船，派他的儿子晋王杨广、丞相杨素担任元帅，贺若弼、韩擒虎为大将，率领五十一万大军，分兵八路，准备渡江进攻陈朝。

隋文帝亲自下了讨伐陈朝的诏书，宣布陈后主二十条罪状，还把诏书抄写了三十万张，派人带到江南各地去散发。陈朝的百姓本来恨透陈后主，看到了隋文帝的诏书，人心更加动摇起来。

杨素率领的水军从永安出发，乘几千艘黄龙大船沿着长江东下，满江都是旌旗，战士的盔甲在阳光下闪闪发光。南陈的江防守兵看了，都吓得呆了，哪里还有抵抗的勇气。

其他几路隋军也都顺利地开到江边。北路贺若弼的人马到了京口，韩擒虎的人马到了姑孰。江边陈军守将告急的警报接连不断地送到建康。

陈后主正跟宠妃、文人们醉得七颠八倒，他收到警报，连拆都没有拆，就往床下一丢了事。

后来，警报越来越紧了。有的大臣一再请求商议抵抗隋兵的事，陈后主才召集大臣商议。

陈后主说："东南是个福地，从前北齐来攻过三次，北周也来了两次，都失败了。这次隋兵来，还不是一样来送死，没有什么可怕的。"

他的宠臣孔范也附和着说："陛下说得对。我们有长江天险，隋兵又不长翅膀，难道能飞得过来！这一定是守江的官员想贪功，故意造出这个假情报来。"

大家你一言，我一语，根本不把隋兵进攻当作一回事，笑话了一阵，又照样叫歌女奏乐，喝起酒来。

公元 589 年正月，贺若弼的人马从广陵渡江，攻克京口；韩擒虎的人马从横江渡江到采石，两路隋军逼近建康。

到了这个火烧眉毛的时候，陈后主才有些惊醒过来。城里的陈军还有十几万人，但是陈后主手下的宠臣江总、孔范一伙都不懂得怎么指挥。陈后主急得哭哭啼啼，手足无措。隋军顺利地攻进建康城，陈军将士被俘的被俘，投降的投降。

隋军打进皇宫，到处找不到陈后主。后来，捉住了几个太监，才知道陈后主逃到后殿投井了。

隋军兵士找到后殿，果然有一口井。往下一望，是个枯井，隐约看到井里有人，就高声呼喊。井里没人答应。兵士们威吓着叫喊说："再不回答，我们要扔石头了。"说着，真的拿起一块大石头放在井口，装出要扔的样子。

井里的陈后主吓得尖叫了起来。兵士把绳索丢到井里，才把陈后主和两个宠妃拉了上来。

南朝的最后一个朝代陈朝灭亡了。

弯弓征战作男儿，梦里曾经与画眉
——花木兰代父从军

题木兰庙

杜牧

弯弓征战作男儿，梦里曾经与画眉。

几度思归还把酒，拂云堆上祝明妃。

这首咏史诗，是杜牧会昌年间任黄州刺史时，为木兰庙题的。庙在湖北黄冈西一百五十里处的木兰山。木兰是一个民间传说人物，据说是北魏时期的谯郡人（有的说是黄州或宋州人）。

木兰据说姓花，商丘（今河南商丘县南）人，从小跟着父亲读书写字，平日料理家务。她还喜欢骑马射箭，练得一身好武艺。有一天，衙门里的差役送来了征兵的通知，要征木兰的父亲去当兵。但父亲年纪老迈，又怎能参军打仗呢？木兰没有哥哥，弟弟又太小，她不忍心让年老的父亲去受苦，于是决定女扮男装，代父从军。木兰父母虽不舍得女儿出征，但又无他法，只好同意她去了。

木兰随着队伍，到了北方边境。她担心自己女扮男装的秘密被人发现，故此处处加倍小心。白天行军，木兰紧紧地跟上队伍，从不敢掉队。夜晚宿营，她从来不敢脱衣服。作战的时候，她凭着一身好武艺，总是冲杀在前。从军十二年，木兰屡建奇功，同伴们对她十分敬佩，赞扬她是个勇敢的好男儿。

一次，花木兰和李翔将军与士兵们奋勇作战，可是寡不敌众眼看就要失败了，只有最后一门大炮，这时花木兰看了一下山顶厚厚的秋雪，正好在匈奴士兵的上方，花木兰灵机一动拿起了最后一门大炮，没有瞄准敌人，而是对准山顶发射过去，花木兰的计策成功了！炮弹的爆炸引起了雪崩，山峰上崩塌的雪块纷纷落下来，正好砸在匈奴士兵的头上。单于和他的将士在大雪崩中拼命逃窜，可是已经来不及了，一转眼匈奴全军上下全都丧身在大雪中。

战争结束了，皇帝召见有功的将士，论功行赏。但木兰既不想做官，也不想要财物，她只希望得到一匹快马，好让她立刻回家。皇帝欣然答应，并派使者护送木兰回去。

木兰的父母听说木兰回来，非常欢喜，立刻赶到城外去迎接。弟弟在家里也杀猪宰羊，以慰劳为国立功的姐姐。木兰回家后，脱下战袍，换上女装，梳好头发，出来向护送她回家的同伴们道谢。同伴们见木兰原是女儿身，都万分惊奇，没想到共同战斗十二年的战友竟是一位漂亮的女子。

宣室求贤访逐臣，贾生才调更无伦
——贾谊

贾　生
李商隐

宣室求贤访逐臣，贾生才调更无伦。

可怜夜半虚前席，不问苍生问鬼神。

贾谊（公元前 200 年—公元前 168 年），是西汉著名的大儒，人称贾太傅、贾生、贾子、贾长沙。汉高帝七年（前 200 年），贾谊出生，这个时代正是西汉政权刚刚建立的年代，它既给贾谊带来了施展才华的机遇，也给他的人生带来了坎坷和痛苦。

贾谊的童年和少年时期，基本上生活在一个和平稳定的环境之中，他的生活也基本上是以读书习文为主。18 岁时，他便以能诵诗书擅写文章而闻名于郡中。当时的名士河南守吴廷尉欣赏他的才学俱优，将他列置门下。

公元前 180 年，汉文帝刘恒即位。听闻河南守吴公颇有学识，且政绩卓著，便征召吴公为廷尉。汉文帝元年（前 179 年），贾谊在老师吴廷尉的推荐下，被征召入朝，立为博士。一年之中，又被破格晋升为太中大夫。从此，

22 岁的贾谊便踏上了仕途，成为西汉政治集团中的一员。

汉文帝对贾谊很器重，在把他破格提升为太中大夫，又与诸大臣商议，想把他升擢为公卿，但遭到群臣的反对。此后，汉文帝开始有意疏远贾谊，并将他派去当长沙王的太傅。

在政治上受挫的贾谊辞别了京城，来到了地处偏远的长沙。他听说长沙地势低，湿度大，自认为此去长沙将享寿不长，而且又因为是被贬谪，心情非常不好，常常拿自己与屈原作比。在这种情况下，他便写下了千古流传的《吊屈原赋》。

后来贾谊曾被召回京城拜见皇帝。当时，汉文帝正坐在宣室，接受神的降福保佑。文帝有感于鬼神之事，就向贾谊询问鬼神的本原。贾谊也就乘机讲述了所以会有鬼神之事的种种情形。到半夜时分，文帝已听得很入神，不知不觉地在座席上总往贾谊身边移动。听完之后，文帝慨叹道："我好长时间没见贾谊了，自认为能超过他，现在看来和他还是有一定的差距。"

不久，汉文帝任命贾谊为梁怀王的太傅。梁怀王是汉文帝的小儿子，深受文帝宠爱。几年后，梁怀王因骑马不慎，掉下马背摔死。贾谊坚持认为是自己没有尽到太傅责任才导致了梁怀王的死亡。于是，贾谊坚持哭泣，这一哭就是一年多，直到最后死去，那年他才 33 岁。

万古唯留楚客悲：诗词中的怀古故事

茂陵不见封侯印，空向秋波哭逝川
——客死他乡的苏武

苏武庙

温庭筠

苏武魂销汉使前，古祠高树两茫然。

云边雁断胡天月，陇上羊归塞草烟。

回日楼台非甲帐，去时冠剑是丁年。

茂陵不见封侯印，空向秋波哭逝川。

这是一首咏史诗，是作者瞻仰苏武庙时所作。

苏武字子卿，年轻时凭着父亲的职位，兄弟三人都做了皇帝的侍从，并逐渐被提升为掌管皇帝鞍马鹰犬射猎工具的官。当时汉朝廷不断讨伐匈奴，多次互派使节彼此暗中侦察。匈奴扣留了汉使节郭吉、路充国等前后十余批人。匈奴使节前来，汉朝廷也扣留他们以相抵。

公元前100年，且鞮刚刚立为单于，唯恐受到汉的袭击，于是说："汉皇帝，是我的长辈。"全部送还了汉廷使节路充国等人。汉武帝赞许他这种通晓情理的做法，于是派遣苏武以中郎将的身份出使，持旄节护送扣留在汉的匈奴使者回国，顺便送给单于很丰厚的礼物，以答谢他的好意。苏武同副中郎将张胜以及临时委派的使臣属官常惠等，加上招募来的士卒、侦察人员百多人一同前往。到了匈奴那里，摆列财物赠给单于。单于越发傲慢，不是汉所期望的那样。

单于正要派使者护送苏武等人归汉，适逢缑王与长水人虞常等人在匈奴内部谋反。缑王是昆邪王姐姐的儿子，与昆邪王一起降汉，后来又跟随浞野侯赵破奴重新陷胡地，在卫律统率的那些投降者中，暗中共同策划绑架单于的母亲阏氏归汉。正好碰上苏武等人到匈奴。虞常在汉的时候，一向与副使张胜有交往，私下拜访张胜，说："听说汉天子很怨恨卫律，我虞常能为汉廷埋伏弩弓将他射死。我的母亲与弟弟都在汉，希望受到汉廷的照顾。"张胜许诺了他，把财物送给了虞常。

一个多月后，单于外出打猎，只有阏氏和单于的子弟在家。虞常等七十余人将要起事，其中一人夜晚逃走，把他们的计划报告了阏氏及其子弟。单于子弟发兵与他们交战，缑王等都战死；虞常被活捉。单于派卫律审处这一案件。张胜听到这个消息，担心他和虞常私下所说的那些话被揭发，便把事情经过告诉了苏武。苏武说："事情到了如此地步，这样一定会牵连到我们。受到侮辱才去死，更对不起国家！"因此想自杀。张胜、常惠一起制止了他。虞常果然供出了张胜。单于大怒，召集许多贵族前来商议，想杀掉汉使者。左伊秩訾说："假如是谋杀单于，又用什么更严的刑法呢？应当都叫他们投降。"单于派卫律召唤苏武来受审讯。苏武对常惠说："丧失气节、玷辱使命，即使活着，还有什么脸面回到汉廷去呢！"说着拔出佩带的刀自刎，卫律大吃一惊，自己抱住、扶好苏武，派人骑快马去找医生。医生在地上挖一个坑，在坑中点燃微火，然后把苏武脸朝下放在坑上，轻轻地敲打他的背部，让淤血流出来。苏武本来已经断了气，这样过了好半天才重新呼吸。常惠等人哭泣着，用车子把苏武拉回营帐。单于钦佩苏武的节操，早晚派人探望、询问苏武，而把张胜逮捕监禁起来。

苏武的伤势逐渐好了。单于派使者通知苏武，一起来审处虞常，想借这个机会使苏武投降。剑斩虞常后，卫律说："汉使张胜，谋杀单于亲近的大臣，应当处死。单于招降的人，赦免他们的罪。"举剑要击杀张胜，张胜请求投降。卫律对苏武说："副使有罪，应该连坐到你。"苏武说："我本来就没有参予谋划，又不是他的亲属，怎么谈得上连坐？"卫律又举剑对准苏武，苏武岿然不动。卫律说："苏君！我卫律以前背弃汉廷，归顺匈奴，幸运地受到单于的大恩，赐我爵号，让我称王；拥有奴隶数万、马和其他牲畜满山，如此富贵！苏君你今日投降，明日也是这样。白白地用身体给草地做肥料，又有谁知道你呢！"苏武毫无反应。卫律说："你顺着我而投降，我与你结为兄弟；今天不听我的安排，以后再想见我，还能得到机会吗？"

苏武痛骂卫律说："你做人家的臣下和儿子，不顾及恩德义理，背叛皇上、抛弃亲人，在异族那里做投降的奴隶，我为什么要见你！况且单于信任你，让你决定别人的死活，而你却居心不平，不主持公道，反而想要使汉皇帝和匈奴单于二主相斗，旁观两国的灾祸和损失！南越王杀汉使者，结果九郡被平定。宛王杀汉使者，自己头颅被悬挂在宫殿的北门。朝鲜王杀汉使者，随即被讨平。唯独匈奴未受惩罚。你明知道我决不会投降，想要使汉和匈奴互相攻打。匈奴灭亡的灾祸，将从我开始了！"卫律知道苏武终究不可胁迫投降，报告了单于。单于越发想要使他投降，就把苏武囚禁起来，放在大地窖里面，不给他喝的吃的。天下雪，苏武卧着嚼雪，同毡毛一起吞下充饥，几日不死。匈奴以为神奇，就把苏武迁移到北海边没有人的地方，让他放牧公羊，说等到公羊生了小羊才得归汉。同时把他的部下及其随从人员常惠等分别安置到别的地方。

苏武迁移到北海后，粮食运不到，只能掘取野鼠所储藏的野生果实来吃。他拄着汉廷的符节牧羊，睡觉、起来都拿着，以致系在节上的牦牛尾毛全部脱尽。一共过了五、六年，单于的弟弟於轩王到北海上打猎。苏武会编结打猎的网，矫正弓弩，於轩王颇器重他，供给他衣服、食品。三年多过后，於轩王得病，赐给苏武马匹和牲畜、盛酒酪的瓦器、圆顶的毡帐篷。王死后，他的部下也都迁离。这年冬天，丁令人盗去了苏武的牛羊，苏武又陷入穷困。

当初，苏武与李陵都为侍中。苏武出使匈奴的第二年，李陵投降匈奴，不敢访求苏武。时间一久，单于派遣李陵去北海，为苏武安排了酒宴和歌舞。李陵趁机对苏武说："单于听说我与你交情一向深厚，所以派我来劝说足下，愿谦诚地相待你。你终究不能回归本朝了，白白地在荒无人烟的地方受苦，你对汉廷的信义又怎能有所表现呢？以前你的大哥苏嘉做奉车都尉，跟随皇上到雍的棫宫，扶着皇帝的车驾下殿阶，碰到柱子，折断了车辕，被定为大不敬的罪，用剑自杀了，只不过赐钱二百万用以下葬。你弟弟孺卿跟随皇上去祭祀河东土神，骑着马的宦官与驸马争船，把驸马推下船去掉到河中淹死了。骑着马的宦官逃走了。皇上命令孺卿去追捕，他抓不到，因害怕而服毒自杀。我离开长安的时候，你的母亲已去世，我送葬到阳陵。你的夫人年纪还轻，听说已改嫁了，家中只有两个妹妹，两个女儿和一个男孩，如今又过了十多年，生死不知。人生像早晨的露水，何必长久地像这样折磨自己！我刚投降时，终日若有所失，几乎要发狂，自己痛心对不起汉廷，加上老母拘禁在保宫，你不想投降的心情，怎能超过当时我李陵呢！并且皇上年纪大了，法令随时变更，大臣无罪而全家被杀的有十几家，安危不可预料。你还打算为谁守节呢？希望你听从我的劝告，不要再说什么了！"

苏武说："我苏武父子无功劳和恩德，都是皇帝栽培提拔起来的，官职升到列将，爵位封为通侯，兄弟三人都是皇帝的亲近之臣，常常愿意为朝廷牺牲一切。现在得到牺牲自己以效忠国家的机会，即使受到斧钺和汤镬这样的极刑，我也心甘情愿。大臣效忠君王，就像儿子效忠父亲，儿子为父亲而死，没有什么可恨，希望你不要再说了！"

李陵与苏武共饮了几天，又说："你一定要听从我的话。"苏武说："我料定自己已经是死去的人了！单于一定要逼迫我投降，那么就请结束今天的欢乐，让我死在你的面前！"李陵见苏武对朝廷如此真诚，慨然长叹道："啊，义士！我李陵与卫律的罪恶，上能达天！"说着眼泪直流，浸湿了衣襟，告别苏武而去。李陵不好意思亲自送礼物给苏武，让他的妻子赠给苏武几十头牛羊。

后来李陵又到北海，对苏武说："边界上抓住了云中郡的一个俘虏，说太守以下的官吏百姓都穿白的丧服，说是皇上死了。"苏武听到这个消息，面向南放声大哭，吐血，每天早晚哭吊达几月之久。

汉昭帝登位，几年后，匈奴和汉达成和议。汉廷寻求苏武等人，匈奴撒谎说苏武已死。后来汉使者又到匈奴，常惠请求看守他的人同他一起去，在夜晚见到了汉使，原原本本地述说了几年来在匈奴的情况。告诉汉使者要他对单于说："天子在上林苑中射猎，射得一只大雁，脚上系着帛书，上面说苏武等人在北海。"汉使者万分高兴，按照常惠所教的话去责问单于。单于看着身边的人十分惊讶，向汉使道歉说："苏武等人的确还活着。"于是李陵安排酒筵向苏武祝贺，说："今天你还归，在匈奴中扬名，在汉皇族中功绩显赫。即使古代史书所记载的事迹，图画所绘的人物，怎能超过你！我李陵虽然无能和胆怯，假如汉廷姑且宽恕我的罪过，不杀我的老母，使我能实现在奇耻大辱下积蓄已久的志愿，这就同曹沫在柯邑订盟可能差不多，这是以前所一直不能忘记的！逮捕杀戮我的全家，成为当世的奇耻大辱，我还再顾念什么呢？算了吧，让你了解我的心罢了！我已成异国之人，这一别就永远隔绝了！"李陵起舞，唱道："走过万里行程啊穿过了沙漠，为君王带兵啊奋战匈奴。归路断绝啊刀箭毁坏，兵士们全部死亡啊我的名声已败坏。老母已死，虽想报恩何处归！"李陵泪下纵横，于是同苏武永别。单于召集苏武的部下，除了以前已经投降和死亡的，总共跟随苏武回来的有九人。

苏武于汉昭帝始元六年（前 81 年）春回到长安。昭帝下令叫苏武带一份祭品去拜谒武帝的陵墓和祠庙。任命苏武做典属国，俸禄中二千石；赐钱二百万，官田二顷，住宅一处。常惠、徐圣、赵终根都任命为皇帝的侍卫官，赐给丝绸各二百匹。其余六人，年纪大了，回家，赐钱每人十万，终身免除徭役。常惠后来做到右将军，封为列侯，他自己也有传记。苏武被扣在匈奴共十九年，当初壮年出使，等到回来，胡须头发全都白了。

苏武归汉第二年，上官桀、子安与桑弘羊及燕王、盖主谋反，苏武的儿子苏元因参与上官安的阴谋，而被处死。起初，上官桀、上官安与大将军霍光争权，上官桀父子屡次把霍光的过失记下交给燕王，使燕王上书给皇帝，告发霍光。又说苏武出使匈奴二十年，不投降，回到汉廷后，只做典属国。而大将军属下的长史官并无功劳，却被提升为搜粟都尉，霍光专权放肆。等到燕王等人谋反，被杀，追查处治同谋的人，苏武一向与上官桀、桑弘羊有旧交，燕王又因苏武功高而官小数次上书，替他抱不平，他的儿子又参与了谋反，主管刑狱的官员上书请求逮捕苏武。霍光把刑狱官的奏章搁置起来，只免去了苏武的官职。

过了几年，昭帝死了。苏武以从前任二千石官的身份，参与了谋立宣帝的计划，赐封爵位关内侯，食邑三百户。过了很久，卫将军张安世推荐说苏武通达熟悉朝章典故，出使不辱君命，昭帝遗言曾讲到苏武的这两点长处。宣帝召来苏武在宦者令的衙门听候宣召。多次进见，又做了右曹典属国。因苏武是节操显著的老臣，只令他每月的初一和十五两日入朝，尊称他为德高望重的"祭酒"，非常优宠他。苏武把所得的赏赐，全部施送给弟弟苏贤和过去的邻里朋友，自己家中不留一点财物。皇后的父亲平恩侯、宣帝的舅舅平昌侯和乐昌侯、车骑将军韩增、丞相魏相、御史大夫丙吉，都很敬重苏武。

　　苏武年老了，他的儿子以前被处死，皇帝怜悯他。问左右的人："苏武在匈奴很久，有儿子吗？"苏武通过平恩侯向宣帝陈述："以前在匈奴发配时，娶的匈奴妇人正好生了一个儿子，名字叫通国，有消息传来，想通过汉使者送去金银、丝绸，把男孩赎回来。"皇帝答应了。后来通国随汉使者回到了汉朝，皇帝让他做了郎官。又让苏武弟弟的儿子做了右曹。

　　苏武活到八十多岁，汉宣帝神爵二年（前 60 年）病亡。

坑灰未冷山东乱，刘项原来不读书
——秦始皇焚书坑儒

焚书坑

章碣

竹帛烟销帝业虚，关河空锁祖龙居。
坑灰未冷山东乱，刘项原来不读书。

　　这首诗就秦末动乱的局面，对秦始皇焚书的暴虐行径进行了辛辣的嘲讽和无情的谴责。

　　焚书坑据传是当年焚书的一个洞穴，旧址在今陕西省临潼县东南的骊山上。章碣或者到过那里，目之所触，感慨系之，便写了这首诗。

　　焚书坑儒是秦始皇从公元前213年开始的焚毁书籍、活埋儒士方士的事件。

　　中国的春秋战国时期（公元前771年－前221年）由于社会逐渐进入青铜器时代，中国的社会生产力得到了较大的发展，一些平民百姓逐渐从体力劳动中解放出来。他们面对纷乱的社会状况，希望通过思索和钻研前人治世理念寻找到一条可以使社会安定，百姓不再流离失所的救世之路。于是产生了诸多的学派学说，并撰写出无数著作，史称诸子百家。

　　公元前221年，中国历史上第一个大一统的专制王朝——秦朝建立。由于当时社会上百家争鸣，严重的阻碍了秦始皇对征服的原六国民众思想的统一，并威胁到了秦朝的统治。公元前213年秦丞相李斯进言，说诸子百家"入则心非，出则巷议，夸主以为名，异取以为高，率群下以造谤。"于是，秦始皇为了统一原六国人民的思想，于当年开始销毁除法家以外的所有诸子百家的著作，一直到公元前206年秦朝灭亡，史称"焚书"。

　　隋代牛弘提出"五厄"之说，论中国历代图书被焚毁，首当其冲即为秦始皇焚书，二是西汉末赤眉入关，三是董卓移都，四是刘石乱华，五是魏师入郢。

　　而在焚书开始的第二年，即公元前212年，秦始皇为了进一步排除不同的政治思想和见解，在当时秦首都咸阳将四百六十余名儒士和方士坑杀，史称"坑儒"。

　　这件事是由几个方士的畏罪逃亡引起的。原来，秦始皇晚年为求长生不老，寄希望于方士寻觅仙药。因此，方

最美的诗词故事大全集

士侯生、卢生等很受宠幸。正是这两个人，又在背后议论指责秦始皇，说他凶残好杀。在一个晚上，这两人弃官逃跑了。秦始皇闻讯大怒，认为儒生多以妖言惑乱黔首，于是下令御史案问诸生。

秦始皇知道了这些事情后，不由地大怒道："我对这些方士这么好，他们却在背后议论我，又背叛了我。方士都是这个样子，现在咸阳的书生有几百，肯定经常妖言惑众。这次一定要彻底清查一下。"随后，他就叫御史把咸阳书生都抓起来拷打、盘问。这些书生刚开始都大喊冤枉，等被打得一个个皮开肉绽时，都屈打成招了。秦始皇命令把这些书生都杀了。公子扶苏替他们求情，反而被秦始皇臭骂了一顿。监斩官看到秦始皇怒气冲天，就把这些书生全部赶到一个深谷中，用石头把谷填满，把这些书生活活坑埋了，总计有四百六十多人。这一事件发生后，连始皇的长子扶苏都觉得过于残暴。他对秦始皇说，天下初定，百姓尚不得安宁，这样做恐怕会引起骚动。秦始皇听了，反而把扶苏贬到上郡去监督蒙恬军。坑儒激起了儒生的普遍反抗。陈胜、吴广起义后，孔子的后裔孔鲋立即怀抱礼器参加农民起义队伍，就说明了这一点。

坑杀了咸阳的四百六十多个书生后，秦始皇暗想着要把天下的书生全部杀了，斩草除根，不留遗患，但又怕书生逃跑，秦始皇就想了个计策。他命令地方官员，访求各地有名的书生，送到京城以待录用。不过几个月，各地就送来了七百多个想当官的书生。秦始皇命这七百多人都为郎官，把这些书生高兴得手舞足蹈。

这年冬天，有人报骊山的马谷中硕果累累。大家都觉得很奇怪，秦始皇就让这七百多书生去马谷看一看。这七百多书生到了马谷一看，果然有几个瓜果，新鲜得很。大家正在议论时，就听一声爆响，随后石头像雨点一样从谷上落了下来，瞬间，这七百多书生就被砸死在马谷。而所谓的瓜果，是因为马谷地下有温泉，所以四季如春。秦始皇密令心腹，先在谷内种瓜果，后来还真的结了果实。这些书生哪里知道秦始皇的阴险毒计，全部屈死在马谷中。

吴王事事须亡国，未必西施胜六宫
——吴王夫差

吴宫怀古

陆龟蒙

香径长洲尽棘丛，奢云艳雨只悲风。
吴王事事须亡国，未必西施胜六宫。

看看苏州灵岩山这里的香径和长洲已荆棘丛生，诗人想起了吴王夫差荒淫无道，认为他一切倒行逆施都足以亡国，而根本不是因为被西施的美色迷误造成的。

夫差（？—前473年），春秋时期吴国第25任国王，在位时期为公元前496年到前473年。

公元前496年，吴王派兵攻打越国，被越王勾践打得大败，吴王也受了重伤，临死前，嘱咐儿子夫差要替他报仇。夫差牢记父亲的话，日夜加紧练兵，准备攻打越国。

过了两年，夫差率兵把勾践打得大败，勾践被包围，无路可走，准备自杀。这时谋臣文种劝住了他，说："吴国大臣伯嚭贪财好色，可以派人去贿赂他。"勾践听从了文种的建议，就派他带着美女西施和珍宝贿赂伯嚭，伯嚭答应带西施和文种去见吴王。

文种见了吴王，献上西施，说："越王愿意投降，做您的臣下伺候您，请您能饶恕他。"伯嚭也在一旁帮文种说话。伍子胥站出来大声反对道："人常说'治病要除根'，勾践深谋远虑，文种、范蠡精明强干，这次放了他们，他们回去后就会想办法报仇的！"这时的夫差以为越国已经不足为患，又看上了西施的美色，就不听伍子胥的劝告，答应了越国的投降，把军队撤回了吴国。

吴国撤兵后，勾践带着妻子和大夫范蠡到吴国伺候吴王，放牛牧羊，终于赢得了吴王的欢心和信任。三年后，他们被释放回国了。

勾践回国后，立志发愤图强，准备复仇。他怕自己贪图舒适的生活，消磨了报仇的志气，晚上就枕着兵器，睡在稻草堆上，他还在房子里挂上一只苦胆，每天早上起来后就尝尝苦胆，门外的士兵问他："你忘了三年的耻辱了吗？"他派文种管理国家政事，范蠡管理军事，他亲自到田里与农夫一起干活，妻子也纺线织布。勾践的这些举动感动了越国上下官民，经过十年的艰苦奋斗，越国终于兵精粮足，转弱为强。

再说吴王夫差自从战胜越国后，以为没有了后顾之忧，从此沉迷于西施的美色，过着骄奢淫逸的生活。他又狂妄

万古唯留楚客悲：诗词中的怀古故事

自大，不顾人民的困苦，经常出兵与其它国家打仗。他还听信伯嚭的坏话，杀了忠臣伍子胥。这时的吴国，貌似强大，实际上已经是走下坡路了。

公元前 482 年，夫差亲自带领大军北上，与晋国争夺诸侯盟主，越王勾践趁吴国精兵在外，突然袭击，一举打败吴兵，杀了太子友。夫差听到这个消息后，急忙带兵回国，并派人向勾践求和。勾践估计一下子灭不了吴国，就同意了。公元前 473 年，勾践第二次亲自带兵攻打吴国。这时的吴国已经是强弩之末，根本抵挡不住越国军队，屡战屡败。最后，夫差又派人向勾践求和，范蠡坚决主张要灭掉吴国。夫差见求和不成，才后悔没有听伍子胥的忠告，非常羞愧，就拔剑自杀了。

夫差（？—前 473 年），春秋末年吴国君。吴王阖闾子。公元前 495 到前 473 年在位。初在夫椒（今江苏吴县西南太湖中）打败越兵，并攻破越都，他不听伍子胥乘胜灭越之言，允越王勾践求和。十四年（前 482 年），在黄池会盟，于晋争霸，越王勾践乘虚攻入吴国。后越再兴兵攻灭吴国，他自杀。

吴国和越国都是春秋时期长江下游的国家。吴国的都城在姑苏，也就是现在的苏州；越国的都城在会稽，也就是今天的绍兴。在群雄争霸的年代，两国为了争夺土地和人口经常打仗。长期的战争使两国成为世仇。

公元前 505 年，越王允常乘吴军攻打楚国之时，率大军偷袭吴国，一直攻入吴国都城。当吴王阖闾率军赶回后，允常已经撤军回国。从此，吴越之间结怨越来越深。

公元前 496 年，越王允常病死。吴王阖闾迫不及待地乘越国奔丧之时，率领大军攻打越国。此时，刚刚即位的越王勾践正值少年意气，他率领一支经过精心训练的精锐部队，奋起抵抗。

越国上下齐心协力，越军士气高昂，吴、越之间的一场激战展开了。最后，吴军大败而逃，吴王阖闾右足也被砍伤。

在回师的路上，阖闾把儿子夫差叫到身边问他："你会忘记勾践杀死你父亲吗？"

夫差急忙跪下："儿誓死不忘！儿一定要替父王报仇雪恨！"夫差讲完后，阖闾就含恨而死。

夫差即位后，发誓要为父报仇。他派人站在宫门，只要自己出入，那人就对他大喊："夫差！你忘记越国杀父之仇了吗？"

夫差就大声回答："没有，我万万不敢忘！"夫差遗命在身，奋发图强，在安排好丧事后，就等待时机与越国一决雌雄了。

公元前494年，吴王夫差迫不及待地要报仇雪恨，于是率领大军攻打越国。经过激烈的战斗，越王勾践只带着残兵5000人退守到会稽山上，并被吴军团团包围。这下，吴王夫差肯定要杀死越王勾践，以报杀父之仇了。

越王勾践在会稽山上看着自己手下的残兵败将，心里十分惊慌。这时，他的谋臣范蠡对他说："国君要能屈能伸。现在我们不妨低声下气，送重礼给吴国，请求吴王与我们讲和。如果他不答应，就只好委屈您自己到吴国去侍奉吴王，越国东山再起或许还有希望。"

勾践于是派大臣文种到吴国去求和。文种去拜见吴王时，跪在地上用膝盖往前走，一边磕头一边说："大王的亡国之臣勾践派小臣来告诉您，勾践请求做您的奴仆，妻子甘愿做您的侍妾。"

吴王夫差听了很高兴，早已把杀父之仇忘掉了，正准备答应，大臣伍子胥劝他说："现在正是上天赐予的灭掉越国的好机会，千万不要错过啊！"吴王碍于面子，没有答应文种的请求。

文种回去后，对勾践说："吴国的大臣伯嚭非常贪婪，可以用财物去贿赂他，让他帮忙。"

于是，勾践就派文种带了一大批美女和宝物去献给伯嚭。伯嚭接受后，带文种去见吴王。

文种给吴王磕头说："请大王赦免勾践的罪过，他会把他的宝物全都送过来。假如大王不能饶恕他，勾践就要杀尽自己的妻子儿女，烧光他的财宝，率领他剩下的 5000 人马与吴国决一死战，到时吴国恐怕也会付出相当大的代价。"

伯嚭也在一旁劝说吴王："越王已经投降做臣子了，如果能赦免他，会避免很多损失的。"

夫差一心想称霸中原，根本不把弱小的越国放在心上，加之这次越国从此将一蹶不振，不足为患，就答应了越国请和的请求。于是，越王勾践带领 300 人进入吴国称臣。

越王勾践在吴国忍辱负重，卑躬屈膝，为吴宫驾车养马，勾践的夫人也粗衣淡饭，为吴宫打扫宫室，越国群臣都百依百顺，惟命是从。

有一次，夫差患病，勾践为了取得夫差的信任与欢心，就亲自舔尝他的大便。夫差见勾践很顺从，就把他放回了

最美的诗词故事大全集

越国。

这时，伍子胥却说："大王，要斩草必须除根。吴越两国同处三江之地，势不两立，如今攻下越国而不消灭，那无异于放虎归山，到时候恐怕后悔也来不及了。更何况勾践并不是平庸之辈，还有文种、范蠡这班良臣呢！现在正是上天赐予的灭掉越国的好机会，千万不要错过啊！"

但夫差认为越国偏小，并从此将一蹶不振，不足为患，就答应了越国请和的请求。

伍子胥无奈，于是仰天长叹："这真是养虎遗患啊！20年后，吴国的宫殿就要成为越国的池沼了。"

后来，夫差赦免了勾践。勾践回国后，卧薪尝胆，表面上极力讨好夫差，暗地里不断发展力量。而吴王夫差却以为已经降服了越国人，就不再把越国放在眼里，而是一心想向北攻占齐国。

伍子胥多次劝吴王说："勾践才是吴国最危险的敌人，应该尽快解决这个心腹大患，而不要总想着攻打齐国。我听说勾践吃饭只用一个菜，和老百姓同甘苦共患难，这人不死，必定为大王带来灾难。"

吴王根本不听伍子胥的劝告，伍子胥无奈，对吴王说："大王不听劝告，三年之后，吴国可能会变成废墟啊！"之后，伍子胥把自己的儿子寄托到齐国的鲍氏家中，以图后路。

伯嚭早就嫉恨伍子胥，于是向夫差说："伍子胥好猜疑，长期以来怨恨大王，我们必须提防着他。我听说，伍子胥把儿子托付给齐国人。作为一个臣子，在国内稍微有点不痛快，就勾结外国，自己仗着是先王的老臣，因为一

万古唯留楚客悲：诗词中的怀古故事

时没被重用就心怀不满。大王您不能不防备他，恐怕他很快就要造反了。"

吴王一听，勃然大怒，说："伍子胥居然敢背叛我！"

于是，吴王派人给伍子胥送去一把宝剑，说："你就用这把剑自杀吧！"

伍子胥接过宝剑，仰天长叹道："唉！本来是奸臣伯嚭作乱，大王却反而要杀我。我曾经辅助先王成为诸侯中的霸主，又冒死保举大王继承王位。没想到，今天大王却听信了奸臣的挑拨，反而来杀我。"

接着，伍子胥对他手下的人说："我死了之后，你们要在我的墓上种上树，长大了可以给他们做棺材；把我的眼珠挖下来挂在吴国国都的东门上，我要亲眼看到越国灭掉吴国。"

果然不出伍子胥所料，越王勾践后来灭掉了吴国，杀死了吴王夫差和伯嚭。

绣岭宫前鹤发翁，犹唱开元太平曲
——荒政误国的唐玄宗

绣岭宫词

李洞

春日迟迟春草绿，野棠开尽飘香玉。
绣岭宫前鹤发翁，犹唱开元太平曲。

这首诗表面是写唐玄宗的荒政误国的。

唐玄宗又称唐明皇，唐睿宗李旦的第三个儿子。因平定韦氏之乱被立为太子，延和元年即位。唐玄宗开元年间，社会安定，政治清明，经济空前繁荣，唐朝进入鼎盛时期，后人称这一时期为开元盛世。唐玄宗后期，他贪图享乐，宠信并重用李林甫等奸臣，终于导致安史之乱发生，唐朝开始衰落。公元712年至756年在位，在位44年。

李隆基出生的时候正是武则天主政要做女皇的时候，所以他小时候就经历了错综复杂的宫廷变故，这也许促使他形成了意志坚定的性格。他小时候就很有大志，在宫里自诩为"阿瞒"，虽然不被掌权的武氏族人看重，但他一言一行依然很有主见。

在他七岁那年，一次在朝堂举行祭祀仪式，当时的金吾将军（掌管京城守卫的将军）武懿宗大声训斥侍从护卫，李隆基马上怒目而视，喝道："这里是我李家的朝堂，干你何事？竟敢如此训斥我家骑士护卫！"弄得武懿宗看着这个小孩儿目瞪口呆。武则天得知后，不但没有责怪李隆基，反而对这个年小志高的小孙子备加喜欢。到了第二年，李隆基就被封为临淄郡王。

在奶奶武则天死后，中宗懦弱无能，结果朝政大权落到了韦皇后和安乐公主之手，原来发动政变恢复唐朝的功臣、宰相张柬之也被他们贬官驱逐，太子李崇俊被杀。韦皇后效仿原来武则天的做法，让自己的兄长韦温掌握大权，对于女儿安乐公主的违法卖官鬻爵也不加制止，大加纵容。在公元710年，中宗终于死于韦皇后和安乐公主之手，被她们合谋毒杀。然后，韦皇后便想学习婆婆武则天，做第二个女皇。

没有等韦皇后动手，一直静观时变的李隆基和姑姑太平公主便抢先发动了兵变，率领御林军万余人攻占了皇宫，把韦皇后一派全部消灭。然后，由睿宗李旦重新即位，李隆基也因功被立为太子。

但父亲李旦也和中宗一样是个软弱的皇帝，不愿和太平公主发生正面冲突，总是忍让。而太平公主则认为是自己给了他做皇帝的机会，功劳巨大，所以她掌握了朝政大权。随着自己势力的强大，太平公主的野心也膨胀起来，想像母亲那样也做做女皇。

太平公主的主要对手便是太子李隆基，开始她没把他放在眼里，觉得他还年轻，但后来了解了李隆基的英勇果断之后，就开始防范他。她制造舆论说，李隆基不是长子，没资格做太子，更不能继承皇位。太平公主的目的是要废除李隆基的太子身份，为自己以后做女皇帝开路。

到公元712年，睿宗厌烦了做皇帝的生活，把帝位让给了儿子李隆基，但是太平公主仍然掌握着朝政大权：朝廷三品以上官员的任免权和军政大事的决定权。睿宗的让位加剧了李隆基和太平公主的矛盾。双方都在积蓄力量，准备除掉对方。

在公元713年的七月三日，唐玄宗李隆基果断地先下了手，亲自率领兵马除掉了太平公主和她的手下骨干几十人，将倾向太平公主的官员全部罢官废黜。唐玄宗终于掌握了皇帝应有的权力。当年，唐玄宗把年号改为开元，表明了自己励精图治，再创唐朝伟业的决心。

公元736年，唐玄宗宠爱的妃子武惠妃病死，玄宗日夜寝食不安。听人说他和武惠妃的儿子寿王李瑁的妃子杨氏美貌绝伦，艳丽无双，于是不顾什么礼节，就将他招进宫里，杨妃懂音律，也很聪明，还擅长歌舞，很得玄宗欢心。

为了掩盖自己夺儿媳的丑恶行径，唐玄宗让杨妃自己请求进宫做女官，住进南宫，又赐号太真。为了安慰儿子寿王，唐玄宗又给他娶了个妃子作为补偿。

这个时期的封建伦理观念还没有南宋末年朱熹理学出来之后那么严格，男女观念虽然是不平等，但对于女性的贞操观念和改嫁等方面还是比较宽容的，封建社会对于妇女的压制是元朝之后的明朝和清朝。武则天之所以能做女皇，和这时的这种宽容的社会心理有关，所以，到了清朝末年，同样掌握国家政权的慈禧太后就不敢称女皇了，社会舆论和社会心理的作用是很重要的一个原因。

后来，唐玄宗封杨妃为贵妃，这就是历史上有名的杨贵妃。贵妃的地位仅次于皇后，但这时候没有皇后，所以杨贵妃实际上就是唐玄宗的皇后了。玄宗对她恩宠备至，还称赞她是自己的"解语之花"。爱屋及乌，有了杨贵妃的关系，杨氏一族开始飞黄腾达。所以，当时民间竟有了生小孩希望生女孩，将来入宫做妃子荣耀家族的观念。

为了讨贵妃的欢心，唐玄宗可谓费尽心机。为了迎合她喜欢服装的心理，有专门为贵妃服务的七百多人给她做衣服。为了让她吃上喜欢的荔枝，玄宗还下令开辟了从岭南到长安的几千里贡道，以便荔枝能及时地用快马快速运到长安，因为荔枝摘下后五天内会变味儿。而杨贵妃生在南方，喜欢吃这种东西。

有了杨贵妃，唐玄宗的奢侈之风越来越盛，大臣、贵族、宗室为了巴结皇帝，投贵妃所好，结果让她高兴的人都升了官，这又刺激更多的官僚贵族巴结逢迎，争献美味佳肴、珍异珠宝。

在妹妹的关系影响下，哥哥杨国忠也平步青云，一步登天，做上了唐朝宰相。杨贵妃的姐姐们也得到了实惠：大姐封为韩国夫人，二姐封为虢国夫人，三姐封为秦国夫人。其他的兄长也有封赏，做了朝中的高官。

在杨国忠的一手遮天之下，首先是朝政混乱。在暴雨造成灾害时，玄宗询问灾情，杨国忠却拿着大个的粟穗子给玄宗看，说雨大但没有影响收成。下边有的官员报告灾情，请求救助，他大发雷霆，命令司法机关进行严惩。杨国忠能力不高，但喜欢胡乱处理朝政，正事做不好，坏事却很在行，接受贿赂、拉帮结派等等应用自如。

玄宗对于唐朝的危机丝毫没有察觉，反而向外发动了一系列的战争。政治腐败与黑暗，影响了将领的贪功求官的欲望。为了挑起战争，并在战争中立功受赏，加官进爵，边镇的很多将领肆意挑衅，使得边境战乱不断，玄宗的好战对此又是火上加油。初期的边境安定局面又被打破了，最终导致了安史之乱。在安史之乱中，杨氏兄妹被杀。从此以后，唐玄宗开始颓废，并逐渐退出了政治舞台。

伊吕两衰翁，历遍穷通
——伊尹与吕尚

浪淘沙令·伊吕两衰翁

王安石

伊吕两衰翁，历遍穷通。一为钓叟一耕佣。若使当时身不遇，老了英雄。

汤武偶相逢，风虎云龙。兴亡只在笑谈中。直至如今千载后，谁与争功！

伊吕：指伊尹与吕尚。

吕尚，姓姜，名尚，字子牙，东吕乡东吕里人（今日照市东），其先祖伯夷掌管四岳有功，封于吕（今河南宛县），子孙从封地改姓，故名吕尚。

吕尚饱学，深明兵法战策，但家极贫。曾去殷商都城朝歌求仕，不成，乃辗转去陕西，在渭水兹源钓鱼为生。约在公元前 1123 年（帝辛三十一年），当他 80 岁时，遇见了西伯侯姬昌，姬昌认定他是当代难得的贤才，便礼聘他为专管军事的"师"，又因为吕尚是自己祖父生前日夜想望的人，便又尊称为"太公望"。姬昌死，儿子姬发继为西伯侯，尊吕尚为"师尚父"。姬发立十一年，在吕尚的辅佐下，消灭了殷纣王，建立了西周王朝，即位为周武王。为了镇压东方的蒲姑（今博兴）、奄（今曲阜旧城东）、莱（今高密、昌乐）、纪（今寿光）等夷国，开拓山东疆域，封吕尚为齐侯，都营丘，是为齐太公。

吕尚至齐地后，简化礼仪，循应民俗，提倡工商，发展渔盐，齐国于是民附国固。

吕尚就是姜子牙，东海海滨人。他的祖先曾经辅佐禹治理大水，因功封于吕，所以以吕为氏，而他的姓则是姜。中国古代的姓是母系氏族的产物，所以"姓"即"女生"，后来在一个姓中又以男性为主有了氏，到春秋战国以后，氏越来越多，姓和氏逐渐合二为一，就是现在所说的姓氏。

吕尚曾经非常穷困，年纪很大了，还常到渭水之滨垂钓。一天，文王将出外狩猎，占卜得到："捕获的不是龙、不是虎，也不是罴，而是独霸天下的辅臣。"于是，文王西出狩猎，果然遇吕尚于小溪之上。两人谈论之后，文王大喜，说："我的祖先曾经预言说：'将来会有圣人到达周邦，帮助周国振兴。'难道说的就是您吗？我的祖先太公盼望您已经很久了。"于是称吕尚为"太公望"，立为周之国师。

不久，商纣王怀疑周文王欲图谋商的天下，于是将周文王拘捕在都城的监狱里。这时，吕尚就广求天下美女和奇玩珍宝，献给纣王，赎出了文王。

文王归国后，便与吕尚暗地里谋划如何倾覆商朝政权。为此，吕尚策划出许多兵家谋略和新奇妙计，由于这个原因，后人言及兵家权谋都首推吕尚，他便成了兵家的始祖，或称鼻祖。

文王去世，武王即位。过了九年，开始发扬光大文王的事业。为了探察诸侯是否会集而东讨商国，吕尚率领一

最美的诗词故事大全集

支军队出行，按预先的约定与其他诸侯国在孟津会师。吕尚左手拿着黄钺，右手拿着白旄宣誓说："各方诸侯，带领你们的军队和你们的舟船，齐来汇集，逾期不到，将兴师屠戮。"他率军队到达孟津时，来会集的诸侯竟然有八百之多，可见当时周国的威望之高。当时的诸侯国都很小，商朝国土中竟达 1800 多个。后来的春秋五霸和战国七雄是在兼并混战中形成的较大的诸侯国。

又过了两年，商纣王杀了比干，囚禁了箕子。武王要伐纣王，但占卜结果却不吉利，而且兵未出行，又遇到暴风雨。众大臣都很恐惧，只有吕尚坚持出兵，他说那些占卜用的龟甲和蓍（音式）草根本不懂什么吉凶。武王最终听从了吕尚的意见，在牧野向军队训话，之后开始攻打商纣王。在这场战争中，吕尚的战略战术的指挥都很得法。

在战术运用方面，吕尚攻心为上，他亲自率领百名精锐冲击商军阵脚。因为打前阵的是奴隶，吕尚初战告捷之后，武王便率主力跟进围歼，加上商军中的奴隶兵的倒戈，周军很快大获全胜，商朝被灭。

周朝建国之后，将吕尚封于齐，都城营丘（今日临淄）。吕尚东行到自己的封地去，路上每宿必留，走得很慢。有人对他说："我听说过时机难得而易于失去，作为一个客人，安于路边旅店中的享乐，恐怕不像到自己封地上任的样子。"太公听了，夜里穿起衣服马上前行，天亮时到达营丘，正好遇到莱国的人来与他争夺营丘。

吕尚在齐国政局稳定后，又开始改革政治制度。他顺应当地的习俗，简便周朝的繁文缛节。大力发展商业，让百姓享受鱼盐之利。于是天下人来齐国的很多，齐国成为

万古唯留楚客悲：诗词中的怀古故事

当时的富国之一。在周成王时，管叔、蔡叔作乱，淮河流域的少数民族也趁机叛乱，周王下令给吕尚说："东到大海，西到黄河，南到穆岭，北到无棣，无论是侯王还是伯男，若不服从，你都有权力征服他们。"从此，齐国成为大国，疆域日益广阔。

伊尹，商初大臣。名挚，又名阿衡，尹是官名。他具备运筹策划的才能，在灭夏过程中起到重要的作用。他是商朝初年的元老，自汤至太甲时一直是商王的辅佐大臣，在政治生活中起到了重要的作用。传说伊尹出身奴隶，生于伊水边，原为有莘之君的近身奴仆，听说商汤"贤德仁义"，而心向往之。商汤与有莘结亲，他作为有莘氏女的陪嫁之臣来到商汤手下，成为汤的"小臣"。他身为庖人（厨师），便乘机用"割烹"作比喻向商汤陈说，要他"伐夏救民"。据《韩非子·难言第三》载，伊尹曾对汤"七十说而不受"，可见耐心陈说之情形。后伊尹受汤的赏识，被任以国政，帮助商汤攻灭夏桀，并潜入夏王朝内部以"间夏"。在商汤被夏桀扣押后，伊尹等人又给桀送去大批珍宝，使汤得以释放。

他辅佐商汤先后灭掉葛、韦、顾、昆吾等小国，最后一举灭夏，建立了商王朝。商建国初，伊尹总结海内万邦存亡的教训，制订出君臣之间的关系准则。汤去世后，他又历佐汤子外丙、中壬两王。中壬后，汤之孙太甲继位，商朝实权落到身居相位的伊尹手里。因太甲不理国政，破坏了商汤之法制德行，伊尹将他放逐，囚禁于桐，自摄行政当国。太甲居桐三年，悔过自新，伊尹还政于太甲。太甲死后，伊尹作《太甲训》三篇，并尊太甲为"中宗"。

据说，伊尹为篡夺王位，将太甲放于桐而自己亲政。他自立为王统治了七年，因得不到拥护，太甲便乘机从桐逃回王都，将他杀死。

明眸皓齿谁复见，只有丹青余泪痕
——虢国夫人

虢国夫人夜游图

苏轼

佳人自輭玉花骢，翩如惊燕蹋飞龙。

金鞭争道宝钗落，何人先入明光宫。

宫中羯鼓催花柳，玉奴弦索花奴手。

坐中八姨真贵人，走马来看不动尘。

明眸皓齿谁复见，只有丹青余泪痕。

人间俯仰成今古，吴公台下雷塘路。

当时亦笑张丽华，不知门外韩擒虎。

虢国夫人，唐蒲州永乐（今山西芮城县）人，生年不详，约卒于至德元年（756 年）。她是唐玄宗贵妃杨玉环的姐姐。

虢国夫人有才貌，父杨玄琰，曾任蜀州司户，她随之居住在蜀中，长成嫁裴氏为妻。裴氏早亡。杨贵妃得宠于唐玄宗以后，因怀念姐姐，请求唐玄宗将虢国夫人和杨贵妃的另两个姐姐一起迎入京师。唐玄宗称杨贵妃的三个姐姐为姨，并赐以住宅，天宝初年又分别封她们三人为虢国夫人、韩国夫人和秦国夫人。当时，三夫人并承恩泽，出入宫掖，势倾朝野，公主以下皆持礼相待。此外，杨贵妃堂兄杨（铦）、杨（锜）也日见隆遇，时人号为五杨。五杨宅中，四方赂遗，日夕不绝，官吏有所请求，但得五杨援引，无不如志。随着杨贵妃的宠遇加深，尤其是魏、韩、秦三夫人也宠遇愈隆，唐玄宗每年赏赐给她们的脂粉钱就有千贯之多。而五杨又竞相构筑宅第，互相攀比，见所建比自己住宅宏丽的即拆撤重建，每建一堂花费都在千万以上，土木之工，昼夜不息。这其中又属虢国夫人最为豪侈，所建新宅园的中堂召工圬墁，约用钱 200 万贯，圬工还求再加厚赏。虢国夫人增给绛罗 500 疋，尚嫌不满意，且嗤鼻夸言；可取蝼蚁、蜥蜴，散置堂中，一一记数，过后收取，若丢失一物，即不受工钱，由此不难想见她豪侈的情况。

此外，虢国夫人的堂兄杨国忠也得宠于唐玄宗，五杨又添一杨，当时都城中有歌谣唱道："生男勿喜女勿悲，生女也可妆门楣。"唐玄宗每年十月要游幸华清宫，届时，虢国夫人与韩、秦两夫人，及杨国忠、杨氏兄弟一并从幸，车马仆从，连接数坊，锦绣珠玉，鲜华夺目。不久，杨（铦）去世，所剩杨氏五家，各自为队，队自异饰，分为一色，合为五色，仿佛云锦集霞，或百花之焕发。他们所经之处，沿途遗失丢弃的首饰珠宝玉器很多，香风飘达数十里。

虢国夫人还淫荡不羁，平时与唐玄宗眉来眼去，又与杨国忠同车来往，或三朝庆贺，或五鼓待漏，倩妆盈巷，蜡炬如昼，从不避嫌。

不久，秦国夫人死，虢国夫人和韩国夫人更权势冲天。当时十宅诸王和百孙院婚嫁，也都由她们两人介绍，而且每次介绍都要索取贿赂千贯之多，所奏请无不称旨。

安禄山叛乱后，唐玄宗准备让皇太子为天下兵马元帅，监抚军国事。一时，虢国夫人与诸杨相聚而哭，随之谋划一番，让杨贵妃出面，谏阻了唐玄宗的内禅。但安禄山的叛军还是凶狠地向长安杀来，唐玄宗被迫逃离长安，路经马嵬坡（在今陕西兴平县）时，禁军大将陈玄礼密启太子诛杀杨国忠父子，随即禁军又逼迫唐玄宗下令让杨贵妃自缢而死。当时虢国夫人也逃出长安西行，当她得知杨国忠、杨贵妃相继遇难的消息后，与其子女及杨国忠妻一起骑马逃奔陈仓（治所在今陕西宝鸡市东渭水北岸）。县令薛景仙闻讯后，亲自率人追赶。虢国夫人仓惶中逃入竹林，在此杀死其子裴徽裴柔，然后自刎，未死，被薛景仙抓获，关入狱中。这时，虢国夫人并无惧色，从容询问抓她的为何人。不久，刎伤出血凝结喉中窒息而死，被葬在陈仓郊外。

杨贵妃因得宠于唐玄宗而扬名于时，事垂千史。虢国夫人又因杨贵妃扬名于时，事垂千史，虢国夫人的这种裙带关系正是当时政治昏暗的具体表现。她曾借助于这种裙带关系，一时权倾天下，奢侈挥霍，收受贿赂，浊乱朝政，对天宝时期唐朝的政治起了很坏的作用。

羽扇纶巾，谈笑间、强虏灰飞烟灭
——周瑜火攻赤壁

《念奴娇·赤壁怀古》
苏轼

大江东去，浪淘尽、千古风流人物。

故垒西边，人道是、三国周郎赤壁。

乱石崩云，惊涛裂岸，卷起千堆雪。

江山如画，一时多少豪杰。

遥想公瑾当年，小乔初嫁了，雄姿英发。

羽扇纶巾，谈笑间、强虏灰飞烟灭。

故国神游，多情应笑我，早生华发。

人间如梦，一樽还酹江月。

　　这首词是元丰五年（1082）七月苏轼谪居黄州时作。上片咏赤壁，下片怀周瑜。

　　曹操平定北方以后，公元208年，率领大军南下，进攻刘表。他的人马还没有到荆州，刘表已经病死。他的儿子刘琮听到曹军声势浩大，吓破了胆，先派人求降了。

　　这时候，刘备在樊城（今湖北襄樊市）驻守。他听到曹操大军南下，决定把人马撤退到江陵（今湖北江陵）。荆州的百姓听说刘备待人好，都宁愿跟着他一块撤退。

曹操赶到襄阳，听说刘备向江陵撤退，又打听到刘表在江陵积了大批军粮，怕被刘备占去，亲自率领五千轻骑兵追赶刘备。刘备的人马带了兵器、装备，还有十几万百姓跟着他，每天只能行军十几里。曹操的骑兵一天一夜就赶了三百多里，很快就在当阳长坂坡（今湖北当阳县东北）追上了刘备。

刘备的人马，被曹操的骑兵冲杀得七零八乱，还亏得张飞在长坂坡抵挡了一阵。刘备、诸葛亮才带着少数人马摆脱追兵。但是往江陵的路已经被曹军截断，只好改道退到夏口（在今湖北武汉市）。

曹操占领了江陵，继续沿江向东进军，很快就要到夏口了。诸葛亮对刘备说："形势紧急，我们只有向孙权求救一条路了。"

正好孙权怕荆州被曹操占领，派鲁肃来找刘备，劝说他和孙权联合抵抗曹军。诸葛亮就跟鲁肃一起到柴桑（今江西九江西南）去见孙权。

诸葛亮见了孙权，说："现在曹操攻下了荆州，马上就要进攻东吴了。将军如果决心抵抗，就趁早同曹操断绝关系，跟我们一起抵抗；要不然，干脆向他们投降，如果再犹豫不决，祸到临头就来不及了。"

孙权反问说："那么，刘将军为什么不投降曹操呢？"

诸葛亮严肃地说："刘将军是皇室后代，才能盖世，怎么肯低三下四去投降曹操呢？"

孙权听诸葛亮这么一说，也激动地说："我也不能将江东土地和十万人马白白地送人。不过刘将军刚打了败仗，怎么还能抵抗曹军呢？"

万古唯留楚客悲：诗词中的怀古故事

诸葛亮说:"您放心吧,刘将军虽然败了一阵,但是还有水军二万。曹操兵马虽然多,远道追来,兵士也已经精疲力尽。再说,北方人不习惯水战,荆州的人对他们不服。只要我们协力同心,一定能够打败曹军。"

孙权听了诸葛亮的一番分析,心里挺高兴,就立刻召集部下将领,讨论抵抗曹操的办法。

正在这时候,曹操派兵士下战书来了。那信上说:"我奉大汉皇帝的命令,领兵南征。现在我准备了水军八十万,愿意和将军较量一番。"

孙权把这封信递给部下看,大伙儿看了都刷地变了脸色,说不出话来。

张昭是东吴官员中资格最老的。他说:"曹操用天子的名义来征讨,我们要抵抗他,道理上输了一着。再说,我们本来想靠长江天险,现在也靠不住了。曹军占领了荆州,又有上千艘战船,他们水陆两路一起下来,我们怎么也抵挡不了,我看只好投降。"

张昭这一说,马上有不少人附和。只有鲁肃在旁边冷眼旁观,一声不吭。

孙权听着听着,觉得不是滋味,就走出屋子,鲁肃也跟着出来。

孙权拉着鲁肃的手,说:"你说说,该怎么办呢?"

鲁肃说:"刚才张昭他们说的话全听不得。要说投降,我鲁肃可以投降,将军就不可以。因为我投降了,大不了回老家去,照样跟名士们交往,有机会还可以当个州郡官员。将军如果投降,那么江东六郡全都落在曹操手里,您上哪儿去?"

孙权叹了口气说："刚刚大家说的，真叫我失望。只有你说的才合我的心意。"

散会以后，鲁肃劝孙权赶快把正在鄱阳的大将周瑜召回来商量。

周瑜一到柴桑，孙权又召集文武官员讨论。周瑜在会上慷慨激昂地说："曹操名为汉朝丞相，其实是汉室奸贼。这次他自己来送死，哪有投降他的道理。"他给大家分析了曹操许多不利条件，认为北方兵士不会水战，而且老远赶到这陌生地方，水土不服，一定会生病。兵马再多，也没有用。

孙权听了周瑜的话，胆也壮了。他站起来拔出宝剑，"豁"的一声，把案几砍去一角。他严厉地说："谁要再提投降曹操，就跟这案桌一样。"

当天晚上，周瑜又单独去找孙权，说："我已经打听清楚。曹操兵马号称八十万，这是虚张声势，其实只不过二十几万，其中还有不少是荆州兵士，不一定真心替他打仗。您只要给我五万精兵，我保管把他打败。"

第二天，孙权任命周瑜为都督，拨给他三万水军，叫他同刘备协力抵抗曹操。

周瑜领兵进军，在赤壁（今湖北武昌县西赤矶山）和曹军前哨碰上了。果然不出周瑜所料，曹军兵士很多人不服水土，已经得了疫病。双方一交锋，曹军就打了败仗，被迫撤退到长江的北岸。周瑜率领水军进驻南岸，和曹军隔江遥遥相对。

正像周瑜预料的那样，曹操的北方来的兵士不会水战，他们在战船上，遇到风浪颠簸就受不了。后来，他们把战船用铁索拴在一起，船果然平稳不少。

周瑜的部将黄盖看到这个情况，向周瑜献个计策，说："敌人兵多，我们兵少，拖下去对我们不利。现在曹军把战船都连接在一起，我看可以用火攻办法来打败他们。"

周瑜觉得黄盖的主意好，两人还商量好，让黄盖派人送了一封信给曹操，表示要脱离东吴，投降曹操。曹操以为东吴将领害怕他，对黄盖的假投降，一点也没怀疑。

黄盖叫兵士偷偷地准备好十艘大船，每艘船上都装着枯枝，浇足了油，外面裹着布幕，插着旗帜，另外又准备一批轻快的小船，拴在大船船尾上，准备在大船起火时转移。

隆冬的十一月，天气突然回暖，刮起了东南风。当天晚上，黄盖带领一批兵士分乘十条大船，驶在前面，后面跟随着一批船只。船队到了江心，扯满了风帆，像箭一样驶向江北。

曹军水寨的将士听说东吴的大将来投降，正纷纷挤到船头看热闹。没想到东吴船队离开北岸约摸二里光景，前面十条大船突然同时起火。火借风势，风助火威。十条火船，好比十条火龙一样，闯进曹军水寨。那里的船舰，都挤在一起，又躲不开，很快地都燃烧起来。一眨眼工夫，已经烧成一片火海。水寨烧了不算，岸上的营寨也着了火，曹军一大批兵士被烧死了；还有不少人被挤在江里，不会泅水，马上淹死了。

周瑜一看北岸起火，马上带领精兵渡江进攻。他们把战鼓擂得震天响。北岸的曹军不知道后面有多少人马进攻，吓得全部崩溃。

曹操拖着残兵败将向华容（今湖北潜江县西南）的小路上逃跑。那条小路全是水洼泥坑，骑兵没法通过。曹操赶忙命令老弱兵士找了一些稻草铺路。他带着骑兵好容易才通过，可是那些填铺稻草的兵士，却被人马踩死了不少。

刘备和周瑜一起，分水陆两路紧紧追赶，一直追到南郡（治所在今湖北江陵），曹操的几十万大军战死的加上得疫病死的，损失了一大半。曹操只好派部将曹仁、徐晃、乐进分别留守江陵和襄阳，自己带兵回到北方去了。

经过这场赤壁大战，三国分立的局面已经基本形成。

盛德宜蒙祀，英姿俨若神
——忠诚义士颜鲁公

颜鲁公祠堂诗

李膺

揭来游汝海，初识鲁公真。

盛德宜蒙祀，英姿俨若神。

典刑虽异代，勋绩在蒸民。

忆昔艰难际，生逢历数屯。

羯胡来蓟漠，戎马度咸秦。

河朔皆朝虏，平原独挺身。

蜡书通帝所，羽檄论邦邻。

许国心无二，孤军气复振。

弟兄同义烈，生死剧酸辛。

已怪酬庸薄，那闻左降频。

江湖销岁月，省闼牾经纶。

相国心多忌，军容愤复伸。

同朝缘妒媚，啖贼俾邅迍。

辄堕奸邪计，刚期跋扈驯。

哇凶令履尾，纳谏为婴鳞。

假手虽云智，挤贤太不仁。

茹毡苏武馁，决眦蔺生嗔。

误问长安使，宁为叛将宾。

一时全大节，千古仰清尘。

缅想神如在，推迁迹已陈。

谋谟存汗简，字画遍苍珉。

论世吾求友，之人德可亲。

讵云黄壤隔，犹胜白头新。

端欲希忠义，常期齿缙绅。

今虽逢圣旦，止愿作良臣。

惟冀尊王室，宁思秉国钧。

傥令冠獬廌，犹可画麒麟。

古寺今如昔，泉扃夜不晨。

何人同李翰，纪事比张巡。

感慨瞻遗像，潸然泪满巾。

颜鲁公，就是颜真卿。

颜真卿，字清臣。唐中宗景龙三年（公元 709 年），唐德宗贞元元年（公元 785 年），终年 77 岁，琅邪临沂（山东临沂）人，封鲁郡公，世称"颜鲁公"。是中唐时期的书法创新代表人物，楷书端庄雄伟，气势开张。行书遒劲舒和，神彩飞动。他的书法，既有以往书风中的气韵法度，又不为古法所束缚，突破了唐初的墨守成规，自成一体，称为"颜体"。宋欧阳修评论说："斯人忠义出于天性，故其字画刚劲独立，不袭前迹，挺然奇伟，有似其为人。宋朱长文《续书断》中列其书法为神品。"并评说："点如坠石，画如夏云，钩如屈金，戈如发弩，纵横有象，低昂有态，自羲、献以来，未有如公者也。"

鲁公是书史上居承先启后地位的伟大人物，他的正书，向以博厚雄强着称，"锋绝剑摧，惊飞逸势"，以颜世家庙碑为代表；至于摩崖大家，气势磅礴，以大唐中兴颂最著；至最高境界，表现冲和淡远之韵致者，则推李玄靖碑。行草遒劲秀挺，古意盎然，以祭侄稿为第一。

在中国书法史上占有特殊地位，唯一能和大书法家王羲之互相抗衡，先后辉映的，就是颜真卿了。他的书法，以楷书为多而兼有行草。用楷书所写之碑，端正劲美，气势雄厚。他生于楷书流行之际，与王羲之典型相对，导开书法新风气。

颜真卿是进士出身，他是在任平原太守时始闻名于世。安禄山起兵范阳时，河北各郡皆降服，唯有颜真卿固守平原城，为义军盟主，为唐朝尽力。最后他奉德宗之命，前往叛将李希烈处劝降，不幸遇害。而他一生忠烈悲壮的事迹，更是提高其于书法界的地位。颜真卿的字宛如其人，自始至终均用正锋，因此所谓颜法的定型化笔法其艺术价值较少，但此笔法却能充分发挥男性的沉着，刚毅。

中唐以后，由于藩镇割据，兵连祸结，旧有的制度已经呈现瓦解之势。颜真卿起而建立楷书新典范，正是重建新秩序的一种心理反映。但是，规矩森严的楷书与当时的社会背景毕竟是有距离的，因此唐末以后，书法艺术的发展便集中表现在行草书方面，古典的典范终于让位给个人主义的抒情作风了。

公元758年，唐朝刑部尚书颜真卿派人去河北一带寻访哥哥颜杲卿家人的下落，结果带回了侄儿季明的尸骨，颜真卿百感交集，不禁想起了三年前的往事。

公元755年，安禄山起兵叛唐，河北诸郡守将纷纷弃城逃跑，京城危急。颜真卿当时任平原太守，其兄杲卿任常山太守，兄弟俩联合抗击叛军。玄宗皇帝接到报告，大加赞赏。

颜氏兄弟秘密策划了"土门起义"，杀掉安禄山派来的两员大将，收复了十七郡，被各地推举为勤王领袖。

安禄山十分恼怒，派史思明以重兵围困常山，颜杲卿坚持战斗六天六夜，城池终于陷落，父子双双被叛军杀害。

书法家颜真卿追思往事，百感交集，便提笔写下了著名的《祭侄季明文稿》，书法遒劲，气势纵横，被称为继王羲之《兰亭序》之后的"天下第二行书"。

颜真卿一生正直，大义凛然，他的字也和他的人品一样，雄浑刚健，大气磅礴。颜真卿是书法史上著名的"四大楷书家"之一。

颜真卿的书法，号称颜体，有他独特的风格和笔法。他所留下的碑帖很多，后世的书法家认为从他的一些碑帖中可以找到"圆笔"的痕迹，和其他书法家的"方笔"不同。

颜真卿被使用圆笔的书法家奉为开创者。他和使用方笔的王羲之，都对后世产生既深且远的影响。

颜真卿现存的书法作品有：多宝塔碑，颜氏家庙碑，颜勤礼碑，麻姑仙坛记，祭侄文稿等。他和唐代另一位以楷书成名的书法家柳公权，被人合称为"颜柳"。

他的书迹作品众多，据说流传下来的有 130 多种。为后人重视的有楷书《多宝塔》、《东方画赞碑》、《麻姑仙坛记》、《郭家庙碑》，《颜勤礼碑》等，这些碑刻楷书，有个性，有特点，有正面不拘，庄而不险的气势，但笔画横细竖粗及捺脚空腹过大之处，在学习时应求其神韵，不应单纯追求形似。他的行书《祭侄季明文稿》是怀着悲愤的心情创作出来的佳作，被称为天下第二行书。行书还有《争座位帖》、《裴将军帖》等。

雪中行师等儿戏，夜取蔡州藏袖里
——李愬雪夜下蔡州

题李愬画像

惠洪

淮阴北面师广武，其气岂止吞项羽？

君得李祐不敢诛，便知元济在掌股。

羊公德化行悍夫，卧鼓不战良骄吴。

公方沈鸷诸将底，又笑元济无头颅。

雪中行师等儿戏，夜取蔡州藏袖里。

远人信宿犹未知，大类西平击朱泚。

锦袍玉带仍父风，拄颐长剑大梁公。

君看鞬橐见丞相，此意与天相始终。

在各个藩镇中，淮西是个顽固的割据势力。公元 814 年，淮西节度使吴少阳死去，他的儿子吴元济自立。唐宪宗发兵征讨淮西，但是他派去的统帅，不是腐朽的官僚，就是自己另有企图。结果，花了整整三年工夫，费了大量财力，都失败了。朝廷官员都认为不能再打下去，大臣裴度却认为淮西好比身上长的毒疮，不可不除。唐宪宗拜裴度做宰相，决心继续征讨淮西。

公元 817 年，朝廷派李愬担任唐州（今河南唐河）等三州节度使，要他进剿吴元济的老巢蔡州（今河南汝南）。

唐州的将士打了几年仗，都不愿再打，听到李愬一来，有点担心。李愬到了唐州，就向官员宣布说："我是个懦弱无能的人，朝廷派我来，是为了安顿地方秩序。至于打吴元济，不干我的事。"

这个消息传到吴元济那里。吴元济打了几次胜仗，本来就有点骄傲，听到李愬不懂得打仗，更不把防备他放在心上了。

以后，李愬一点不提打淮西的事，唐州城里有许多生病和受伤的兵士，李愬一家家上门慰问，一点官架子也没有。将士们都很感激他。

有一次，李愬的兵士在边界巡逻，碰到一小股淮西兵士，双方打了一阵，唐军把淮西兵士打跑了，还活捉了淮西军的一个小军官丁士良。

丁士良是吴元济手下的一名勇将，经常带人侵犯唐州一带，唐军中很多人都吃过他的亏，非常恨他。这一回活捉了他，大伙都请求李愬把他杀了，给死亡的唐军兵士报仇。

将士们把丁士良押到李愬跟前。李愬吩咐兵士松了他的绑，好言好语问他为什么要跟吴元济闹叛乱。丁士良本来不是淮西兵士，是被吴元济俘虏过去的，见李愬这样宽待他，就投降了。

李愬靠丁士良的帮助，打下了淮西的据点——文城栅和兴桥栅，先后收服了两个降将，一个叫李祐，一个叫李忠义。李愬知道这两人都是有勇有谋的人，就推心置腹地和他们相处，跟两人秘密讨论攻蔡州的计划，有时讨论到深更半夜，李愬手下的将领为了这件事都很不高兴，军营里沸沸扬扬，都说李祐是敌人派来做内应的。有的还有凭有据地说，捉到的敌人探子，也供认李祐是间谍。

李愬怕这些闲话传到朝廷，让唐宪宗听信了这些话，自己要保李祐也保不住了，就向大家宣布说："既然大家认为李祐不可靠，我就把他送到长安去，请皇上去发落吧。"

他吩咐兵士把李祐套上镣铐，押送到长安，一面秘密派人送了一道奏章给朝廷，说他已经跟李祐一起定好攻取蔡州的计划，如果杀了李祐，攻蔡州的计划也就吹了。

唐宪宗得到李愬的密奏，就下令释放李祐，并且叫他仍旧回到唐州协助李愬。

李祐回到唐州，李愬见了他，高兴极了，握着他的手说："你能安全回来，真是国家有福了。"说着，立刻派他担任军职，让他携带兵器进出大营。李祐知道李愬千方百计保护他，感动得偷偷地痛哭。

没多久，宰相裴度亲自到淮西督战。原来，各路唐军作战都有宦官监阵，将领没有指挥权。打胜仗是宦官的功劳，打败仗却轮到将领挨整。裴度到了淮西，发现这个情形，立刻奏请唐宪宗，把宦官监阵的权撤消了。将领们听到这个决定，都很兴奋。

李祐向李愬献计说："吴元济的精兵都驻扎在洄曲（今河南商水西南）和四面边境上，守蔡州的不过是一些老弱残兵。我们抓住他的空隙，直攻蔡州，活捉吴元济是没问题的。"

李愬把这个计划秘密派人告诉裴度。裴度也支持他，说："打仗就是要出奇制胜，你们看着办吧。"

李愬命令李祐、李忠义带领精兵三千充当先锋，自己亲率中军、后卫陆续出发。除了李愬、李祐几个人，谁也不知道到哪里去。有人偷偷问李愬，李愬说："只管朝东前进！"

赶了六十里地，到了张柴村。守在那儿的淮西兵毫无防备，被李祐带的先锋部队全部消灭。李愬占领了张柴村，命令将士休息一会，再留下一批兵士守住张柴村，截断通往洄曲的路。一切安排妥当，就下令连夜继续进发。

将领们又向李愬请示往哪里去，李愬这才宣布："到蔡州去，捉拿吴元济！"

将领中有一些是在吴元济手里吃过败仗的，一听到这个命令，吓得脸色都变了。监军的宦官特别胆小，急得哭了起来，说："我们果然中了李祐的奸计了。"

这个时候，天色黑洞洞的，北风越刮越紧，鹅毛般的大雪越下越密。从张柴村通往蔡州的路，是唐军从来没走过的小道。大家暗暗叫苦，但是，李愬平日治军很严，谁也不敢违抗军令。

半夜里，兵士们踏着厚厚的积雪，又赶了七十里，才到了蔡州城边。正好城边有一个养鹅、鸭的池塘，鹅鸭的叫声，把人马发出的响声掩盖过去了。

李祐、李忠义吩咐兵士在城墙上挖了一个个坎儿，他们带头踏着坎儿爬上城，兵士们也跟着爬上去。守城的淮西兵正在呼呼睡大觉，唐军把他们杀了，只留着一个打更的，叫他照样敲梆子打更。接着，打开城门，让李愬大军进城。

大军到了内城，也照这个办法顺利地打进了城，内城里的淮西军一点也没有发觉。

鸡叫头遍的时候，天蒙蒙亮了，雪也止了。唐军已经占领了吴元济的外院，吴元济还在里屋睡大觉呢。有个淮西兵士发现了唐军，急忙闯进里屋报告吴元济说："不好了，官军到了。"

吴元济懒洋洋躺在床上不想起来，笑着说："这一定是犯人们在闹事，等天亮了看我来收拾他们。"

刚说完，又有兵士气急败坏地冲进来说："城门已经被官军打开了。"

吴元济奇怪起来，说："大概是洄曲那边派人来找我们讨寒衣的吧！"

吴元济起了床，只听见院子里一阵阵吆喝传令声："常侍传令啰……"（常侍是李愬的官衔）接着，又是成千上万的兵士的应声。吴元济这才害怕起来，说："这是什么常

万古唯留楚客悲：诗词中的怀古故事

侍？怎么跑到这儿来传令？"说着，带了几个亲信兵士爬上院墙抵抗。

李愬对将士说："吴元济敢于顽抗，是因为他在洄曲还有一万精兵，等待那边来援救。"

驻洄曲的淮西将领董重质，家在蔡州。李愬派人慰抚董重质的家属，派董重质的儿子到洄曲劝降。董重质一看大势已去，就亲自赶到蔡州向李愬投降了。

李愬命令将士继续攻打院墙，砸烂了外门，占领了军械库。吴元济还想凭着院墙顽抗。第二天，李愬又放火烧了院墙的南门。蔡州的百姓们受够吴元济的苦，都扛着柴草来帮助唐军，唐军兵士射到内院里的箭，密集得像刺猬毛一样。

到太阳下山的时候，内院终于被攻破，吴元济没有办法，只好哀求投降。

李愬取得了全胜，一面用囚车把吴元济押送到长安去，一面派人向宰相裴度报告战果。

裴度、李愬平定淮西、活捉吴元济的消息传到河北，使河北藩镇大为震动，纷纷表示服从政府。唐代藩镇叛乱的局面总算暂时安定了下来。

八声甘州·故都迷岸草
叶梦得

故都迷岸草，望长淮、依然绕孤城。想乌衣年少，芝兰秀发，戈戟云横。坐看骄兵南渡，沸浪骇奔鲸。转盼东流水，一顾功成。千载八公山下，尚断崖草木，遥拥峥嵘。漫云涛吞吐，无处问豪英。信劳生、空成今古，笑我来、何事怆遗情。东山老，可堪岁晚，独听桓筝。

上片于山城回想当年开展淝水之战的情景，历历如在目前。

谢安派出的将领胡彬，率领水军沿着淮河向寿阳进发。在路上，他得知寿阳已经被前秦的前锋苻融攻破。胡彬只好退到硖石（今安徽凤台西南），扎下营来，等待谢石、谢玄的大军会合。

苻融占领寿阳以后，又派部将梁成率领五万人马进攻洛涧（在今安徽淮南东），截断了胡彬水军的后路。晋军被围困起来，军粮一天天少下去，情况十分危急。

胡彬派出兵士偷偷送信给谢石告急，说："现在敌人来势很猛，我军粮食快完，恐怕没法跟大军会合了。"

送信的晋兵偷越秦军阵地的时候，被秦兵捉住。这封告急信落在苻融手里，苻融立刻派快马到项城去告诉苻坚。

苻坚一连得到秦军前锋的捷报，更加骄傲起来。他把大军留在项城，亲自率领八千名骑兵赶到寿阳，恨不得一口气把晋军吞掉。

他到了寿阳，跟苻融一商量，认为晋军已经不堪一击，就派了一个使者到晋军大营去劝降。

那个派出的使者不是别人，恰恰是前几年在襄阳坚决抵抗过秦军、后来被俘虏的朱序。

朱序被俘以后，虽然被苻坚收用，在秦国当个尚书，但是心里还是向着晋朝。他到晋营见了谢石、谢玄，像见了亲人一样高兴，不但没按照苻坚的嘱咐劝降，反而向谢石提供了秦军的情报。他说："这次苻坚发动了百万人马攻打晋国，如果全部人马一集中，恐怕晋军没法抵挡。现在趁他们人马还没到齐的时候，你们赶快发起进攻，打败他们的前锋，挫伤他们的士气，就可以击溃秦军了。"

朱序走了以后，谢石再三考虑，认为寿阳的秦军兵力很强，没有把握打胜，还是坚守为好。谢安的儿子谢琰劝说谢石听朱序的话，尽快出兵。

谢石、谢玄经过一番商议，就派北府兵的名将刘牢之率领精兵五千人，先对洛涧的秦军发起突然袭击。这支北府兵果然名不虚传，他们像插了翅的猛虎一样，强渡洛涧，个个勇猛非凡。守在洛涧的秦军，不是北府兵的对手，勉强抵挡一阵，败了下来，秦将梁成被晋军杀了。秦兵争先恐后渡过淮河逃走，大部分掉在水里淹死。

洛涧大捷，大大鼓舞了晋军的士气。谢石、谢玄一面命令刘牢之继续援救硖石，一面亲自指挥大军，乘胜前进，直到淝水（今淝河，在安徽寿县南）东岸，把人马驻扎在八公山边，和驻扎寿阳的秦军隔岸对峙。

苻坚派出朱序劝降以后，正在洋洋得意，等待晋军的投降，突然听到洛涧失守，像头上挨了一下闷棍一样，有点沉不住气。他要苻融陪着他到寿阳城楼上去看看对岸形势。

苻坚在城楼上一眼望去，只见对岸晋军一座座的营帐排列得整整齐齐，手持刀枪的晋兵来往巡逻，阵容严整威武。再往远处看，对面八公山上，隐隐约约不知道有多少晋兵。其实，八公山上并没有晋兵，不过是苻坚心虚眼花，把八公山上的草木都看作是晋兵了（文言是"草木皆兵"）。

苻坚有点害怕了，他转过头对苻融说："这确实是强大的敌人啊！怎么能说他们弱呢？"

打那以后，苻坚命令秦兵严密防守。晋军没能渡过淝水，谢石、谢玄十分着急。如果拖延下去，只怕各路秦军到齐，对晋军不利。

谢玄派人给苻坚送去一封信，说："你们带了大军深入晋国的阵地，现在却在淝水边摆下阵势，按兵不动，这难道是想打仗的吗？如果你们能把阵地稍稍往后撤一点，腾出一块地方，让我军渡过淝水，双方就在战场上比一比输赢。这才算有胆量呢！"

苻坚一想，要是不答应后撤，不是承认我们害怕晋军吗？他马上召集秦军将领，说："他们要我们让出一块阵地，我们就撤吧。等他们正在渡河的时候，我们派骑兵冲上去，保管能把他们消灭。"

谢石、谢玄得到苻坚答应后撤的回音，迅速整好人马，准备渡河进攻。

约定渡河的时刻到来了，苻坚一声令下，苻融就指挥秦军后撤。他们本来想撤出一个阵地就回过头来总攻。没料到许多秦兵一半由于厌恶战争，一半由于害怕晋军，一听到后撤的命令，撒腿就跑，再也不想停下来了。

谢玄率领八千多骑兵，趁势飞快渡过淝水，向秦军猛攻。

这时候，朱序在秦军阵后叫喊起来："秦兵败了！秦兵败了！"后面的兵士不知道前面的情况，只看到前面的秦军往后奔跑，也转过身跟着边叫嚷，边逃跑。

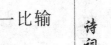

万古唯留楚客悲：诗词中的怀古故事

苻融气急败坏地挥舞着剑，想压住阵脚，但奇兵像潮水般地往后涌来，哪里压得住。一群乱兵冲来，把苻融的战马冲倒了。

　　苻融挣扎着想起来，晋兵已经从后面赶上来，把他一刀砍了。主将一死，秦兵更是像脱了缰绳的惊马一样，四处乱奔。

　　阵后的苻坚看到情况不妙，只好骑上一匹马拼命逃走。不料一支流箭飞来，正好射中他的肩膀。苻坚顾不得疼痛，继续催马狂奔，一直逃到淮北才喘了口气。

　　晋军乘胜追击，秦兵没命地溃逃，被挤倒的、踩死的兵士，满山遍野都是。那些逃脱的兵士，一路上听到风声和空中的鹤鸣声，也当作东晋追兵的喊杀声，吓得不敢停下来。

　　谢石、谢玄收复了寿阳，派飞马往建康送捷报。

　　这一天，谢安正跟一个客人在家里下棋。他看完了谢石送来的捷报，不露声色，随手把捷报放在床上，照样下棋。

　　客人知道是前方送来的战报，忍不住问谢安说："战事情况怎么样？"

　　谢安慢吞吞地说："孩子们到底把秦人打败了。"

　　客人听了，高兴得不想再下棋，想赶快把这个好消息告诉别人，就告别走了。

　　谢安送走客人，回到内宅去，他的兴奋心情再也按捺不住，跨过门槛的时候，踉踉跄跄的，把脚上的木屐的齿也碰断了。

　　经过这场大战，强大的前秦大丧元气。苻坚逃到洛阳，收拾残兵败将，只剩下十几万。但是慕容垂的兵力却丝毫没受到损失。不出王猛所料，鲜卑族的慕容垂和羌族的姚苌终于背叛了前秦，各自建立了新的国家——后燕和后秦，苻坚本人也被姚苌杀了。

刘项家人总可怜，英雄无策庇婵娟
——虞姬与项羽

虞姬墓
范成大

刘项家人总可怜，英雄无策庇婵娟。

戚姬葬处君知否？不及虞兮有墓田。

范成大的这首诗，写的主要是虞姬和项羽。

虞姬（？—前202年），西楚霸王项羽的宠姬。其花容月貌，能歌善舞，冰清玉洁。前202年，被刘邦兵卒围于垓下，在四面楚歌之时，恐项羽挂念，自刎于乌江畔。

公元前202年，刘邦派陆贾去游说西楚霸王项羽，要求项羽放回他的父亲和妻子，并提议与项羽平分天下，以鸿沟为界。鸿沟以西归汉，鸿沟以东归楚。大将钟离昧、季布等劝项羽千万别上当。项羽不听，楚汉以鸿沟划界后，汉王刘邦却趁项羽不备，亲率士兵追击项羽，沿路不复耽延，一直追至固陵。韩信、彭越也发兵来夹击；淮南王英布进兵九江，招降了楚国的大司马周殷。三路大兵，陆续趋集在一处。项羽听说汉兵越集越多，粮草将尽，便想退回彭城，所以固陵之战虽然获胜仗，仍然不愿久留。楚军惟恐汉兵追袭，用了步步为营的兵法，依次退去。

迁延几日，好不容易到了垓下，遥听得后面鼓声马声呐喊声，响天彻地。满山遍野的汉兵差不多与蚂蚁相似，项羽手下将士尚有十万名左右，但这么多汉兵确实使他心悸不已。楚军就在垓下扎营连寨，准备对敌。

此时刘邦已会齐三十余万兵马，共至垓下，用韩信为大将，调度诸军。韩信富于谋略，他素知项羽骁勇，无人敢挡，便将各军分作十队，各派统将带领，分头埋伏，回环接应，请汉王守住大营，自率三万人挑战。项羽一向相信自己的膂力，全无一丝计谋，一听到敌兵逼营，立即怒马突出，迎敌汉军。

韩信且战且走，诱引项羽入了伏兵处，汉兵重重叠叠，排山倒海一般朝楚军压来。楚军将卒伤亡殆尽，项羽也力疲不支，渐渐地退却下来。谁知号炮一声，十面烟尘，一齐发出，都向项羽马前围裹拢来。战场上旌旗遍野，鼓角齐鸣。项羽后悔已来不及，他只得令大将钟离昧、季布断后，自己当先杀出一条血路，驰回垓下的楚军大营。

楚营十万锐卒，只剩得两三万残兵。项羽有一个宠姬虞氏，有飘若惊鸿之美，且知书识字，深得项羽宠爱。甚至项羽出兵打仗，也随车带着虞姬，可谓形影不离。此时虞姬正望眼欲穿地等候项羽归来，尽管项羽几乎每战必胜，但她心还是噗噗乱跳。及至项羽回营，虞姬见他形容委顿，神色仓皇，与往常的神采奕奕大不相同，也觉十分惊异。

待至项羽坐定，喘息稍平，虞姬问及战争情状。项羽黯然道："败了！"虞姬忙温存劝慰道："胜负乃兵家常事，不必忧劳，妾已略备酒菜，不妨小酌一杯。"言毕她嘱咐行厨，整备酒肴，请项羽上坐小饮。项羽已无心饮酒，但不忍拂虞姬的情意，就在席间坐下，虞姬旁坐相陪。虞姬笑语盈盈，为项羽宽心解烦。饮了三五杯，帐外军弁趋入，报称汉兵围营。项羽道："传谕将士，坚守勿动，待我明日再战！"

暮色很快笼罩了帐篷，昏黄的灯光摇曳在案几，项羽与虞姬并饮数觥，灯红酒绿，眉黛鬓青，平时对此情景，不知何等惬意，偏这夜心中有无限悲愁，越饮越愁，越愁越倦，顿时睡眼模糊。虞姬请项羽安卧榻中，休养精神。她坐守榻旁，心中忐忑，甚觉不宁。耳近又听得凄风飒飒，觱栗呜呜，忽而似车驰马骤，忽而似鬼哭神号，当这一切沉寂下来时，隐约传来一片歌音，递响进来，如怨如慕，如泣如诉，时高时低，时长时短。虞姬是个敏感的人，此时禁不住悲从心来，泪水止不住滑落。这么多年随项羽南北争战，她不觉得苦，反而分享着他的胜利，他的英雄气概，从他看她时无限柔情的眼光里得到回味与满足。项羽在历次战役中所向披靡的光荣经历，深深赢得了虞姬的爱慕，项羽成了她心目中最了不起的理想英雄；而项羽的这些胜利的取得，又怎能没有虞姬的一分爱情力量？然而在项羽称霸天下时他却失去了自己的方向，一个男人的厌倦也许只有他最心爱的女人才会深深体会。虞姬不知如何化解项羽的这种厌倦，其实她自己也没有方向感。项羽爱她这是真的，但未必真正了解她内心所想，其实她又何尝理解项羽呢？

　　此时项羽鼻息如雷，对外边的声响不闻不知。虞姬在一边柔肠百结，痛楚欲绝。外边歌声越来越响，仿佛从天际铺天盖地而来。虞姬听得多时，暗暗生出许多恐惧。究竟这歌声从何而来？原来是汉营中的韩信，编出一曲楚歌，教军士至楚营外四面唱和，以乱其军心。无句不哀，无字不惨，使那些楚兵，怀念起遥远的家乡，一时间斗志全无，便在夜色掩护下陆续逃散。钟离昧、季布等跟随项羽多年的大将，也没了踪影。项羽季父项伯，悄悄地往投张良寻求庇护。单剩项羽亲兵八百骑，守住营门，未曾离叛。项羽酒意已消，猛然醒寤。听到四面的楚歌，不禁惊疑，出帐细听，那歌声是从汉营传出，越加诧异："难道汉已尽得楚地么？为何汉营中有楚人如此之多呢？"再一看，将士皆已逃散，只有八百人尚存。项羽脸色煞白，大骇道："怎有这等急变？"当即返身入帐，见虞姬站立一旁，泪水已湿透了衣衫，也不由地泣泪数行。项羽在四面楚歌中知道军心涣散，大势已去。旁顾席上的残肴，还有一些，项羽提起壶中酒，拉着虞姬的手，再与共饮。饮尽数觥，便站起来做歌道：

　　　力拔山兮气盖世，时不利兮骓不逝。

　　　骓不逝兮可奈何，虞兮虞兮奈若何！

　　项羽生平的爱幸，一是乌骓马，一是虞美人，此番被围垓下，已知大势远去，许多往事一齐涌上心来，因此悲歌慷慨，呜咽难过。虞姬在旁听着，已知项羽彻底丧失了斗志，也做歌应和道：

　　　汉兵已略地，四面楚歌声。

大王意气尽，贱妾何聊生！

歌未吟罢，虞姬已是潸潸泪下，项羽听虞姬歌声，声情凄咽，不觉心伤，亦流下许多眼泪。左右侍臣，统皆情不自禁，悲泣失声而不忍抬头。忽然听到营中更鼓已击五下，项羽回头对虞姬道："天快亮了，我当冒死出围，你怎么办？"

虞姬道："妾蒙大王厚恩，追随至今，今亦当随去，生死相依；倘得归葬故土，死也甘心！"

项羽道："你这样的弱质女子，怎能出围？你可自寻生路，我大概要当与你长别了。"

虞姬突然拭泪起立，执项羽手道："贱妾生随大王，死亦随大王，愿大王前途保重！"说至此，就从项羽腰间拔出佩剑，向颈中一横，顿时血溅珠喉，一道香魂归于渺渺的天际。项羽相救已是来不及，只有抚尸痛哭，命左右掘地为墓，将虞姬尸体埋葬。

项羽乘上乌骓马，趁着天色尚黑的时候，带了八百骑，衔枚疾走，放弃楚营，悄悄地向南方遁去。天亮以后，刘邦闻讯，立即派五千骑兵追赶。项羽渡过淮河，只剩不足百人。在阴陵迷失了道路，陷进沼泽地带，被汉军追上。一番恶战，项羽只剩几个残兵了。项羽冲出重围，跑到乌江边上，前面茫茫乌江，流水潺潺，后面滚滚追兵扬起的尘土。眼见走投无路，却正好乌江亭长，泊船在岸旁，乌江亭长见项羽踌躇，便敦促道："江东虽小，地方千里，尚足自王，现惟臣有一船，愿大王急渡！"项羽听了，笑对亭长说："天已亡我，我何必再渡！且籍与江东子弟八千人，渡江西行，今无一生还，纵使江东父老，见我生怜，再肯王我，我有何面目相见呢？"始终不肯过江。亭长不忍，屡次催促项羽上船，项羽叹道："我知公为忠厚长者，我无以为报，惟坐下的乌骓马，随我五年，日行千里，临阵无敌，今我不忍此马染血沙场，特地赠公，以为留念。"说毕跳下马来，将马牵付亭长。片刻之后追兵大至，项羽步行迎上，持短兵器杀死了几百汉兵，他身上也受了十多处伤。最后项羽力渐不支，用剑自刎，终年三十一岁。

兹行璧重身如叶，天日应临蔺蔺心
——蔺相如

蔺相如墓

范成大

玉节经行虏障深，马头酹酒奠疏林。

兹行璧重身如叶，天日应临慕蔺心。

蔺相如是赵国宦官头目缪贤的家臣，战国时期著名的政治家、外交家、军事家。

公元前 282 年，赵惠文王得到楚国的和氏宝玉。这块宝玉相传为春秋时楚国人卞和在山中发现，原为一块玉璞，先后献给厉王、武王，玉工都说是块石头，国王恼怒，卞和分别被砍去左右脚，楚文王继位，卞和抱着玉璞在山中哭泣。文王知道后，叫人剖开玉璞，果然得到一块稀世美玉，因此取名"和氏璧"。

秦昭王听说赵国国王成了这块宝玉的新主人后，十分想得到这块宝玉，于是派遣使者送信给赵惠文王，信里表示愿意拿秦国的十五座城邑来换取赵国的宝玉。

赵惠文王得到信后，一下子拿不定主意，十分为难，于是就把大将军廉颇和其他许多大臣召来，商量对策。如果把和氏璧送给秦国，恐怕秦国不会真用十五座城来交换，白白地受到欺骗；如果不给，秦强赵弱，又怕秦国出兵攻打赵国。左右为难，想派个使者到秦国去交涉，又找不到合适的人选。

正在此时，宦官头目缪贤走出来说："我有个家臣，叫蔺相如，此人智勇双全，不如派他到秦国去。"赵王问："你怎么知道他可以出使秦国呢？"缪贤就告诉赵王说："我以前曾经冒犯了大王，怕您治罪，打算偷偷逃到燕国去。蔺相如知道后，劝阻我说：'你怎么知道燕王会接纳你呢？'我告诉他说：'我曾经跟随大王在边境上与燕王相会。当时燕王曾私下握住我的手表示愿意和我交个朋友。因此，我决定到燕国去投靠燕王。'蔺相如听了说：'赵强燕弱，而你又是赵王的宠臣，燕王才愿意和你交朋友。现在你得罪了赵王，如果逃到燕国去，燕王害怕赵国，决不敢收留你，只会把你捆绑起来送回赵国。到那时，你的性命就难保了。现在你不如脱掉衣服，赤身伏在腰斩人的斧子上，亲自去大王面前认罪请求处罚，大王宽厚仁慈，或许能得到大王的宽恕。'我听后照着做了，大王您果然宽恕了我。因此我认为蔺相如能够出使秦国并圆满完成任务。"

赵王派人把蔺相如召来，问道："现在秦王要用十五座城邑来换和氏璧，可以答应吗？"蔺相如说："秦强赵弱，我们不能不答应。"赵王又问："要是秦王得了璧，却不肯把城交给赵国，又该怎么办呢？"蔺相如说："确实如此，但秦国用十五座城来换和氏璧，如果赵国不答应，那就是我们理亏，秦国也正好有借口攻打赵国；要是赵国把璧送到秦国，而秦国不肯把城交给赵国，那么就是秦国理亏。比较一下，我认为最好是答应秦国，把璧送去，让秦国负不讲道理的责任。"停了一会儿，接着说："我想大王现在可能没有适当的人选吧，我倒愿意出使秦国，假如秦国真的把城邑交给赵国，我就把宝玉留在秦国；如果秦国不交城邑，我一定把宝玉完完整整地带回来。"

于是，赵惠文王任命蔺相如做使臣，带着和氏璧西使秦国。

秦昭王在章台（秦宫名，旧址在今陕西西安市西水）接见蔺相如，蔺相如双手捧璧，献给秦王，秦王接过璧。展开锦袱观看，果然纯白无瑕，宝光闪烁，雕镂之处，天衣无缝，真不愧是稀世之宝，非常高兴，又依次递给妃嫔、文武大臣和侍从们欣赏，众人都啧啧称赞，欢呼"万岁"，向秦王表示祝贺。

过了很久，秦王却绝口不提以城换璧的事，蔺相如知道秦王绝对不会以城换璧，心生一计，对秦王说："这块宝玉很好，就是有点小毛病，让我指给大王看。"秦王听后，就把璧交给他，蔺相如接过璧，迅速后退几步，身子靠着柱子，愤怒得连头发都快竖起来；义正词严地对秦王大声说道："大王想要这块美玉。写信给赵王。答应用十五座城来交换，当时赵王召集文武大臣商议，都说秦国贪得无厌，仗着势力强大，想用几句空话骗取赵国的宝玉。大家都不同意把璧送来。可我却认为：即使老百姓交朋友，尚且互不欺骗，何况秦国是个堂堂大国呢？再说也不能因为一块璧的缘故而伤了两国的和气。赵王采纳了我的意见，并且还斋戒了五天，写了国书，然后派我作使臣带着宝玉到秦国来。态度如此恭敬。可大王却在一般的离宫接见我，而且态度又这样傲慢。大王把这么贵重的宝玉，随便递给宫女侍从们观看，分明是在戏弄我，也是对赵国不尊敬。我看大王并没有用城换璧的诚意，所以我把它要了回来，如果大王一定要逼迫我，我情愿把自己的脑袋和这块宝玉在柱子上撞个粉碎。"说罢，举起和氏璧，眼瞅柱子，作势向柱子砸去。

秦王怕蔺相如把璧砸坏，赶忙赔礼道歉，请他不要那样做；一面叫来掌管地图的官员送上地图，秦王摊开地图对蔺相如说，从这里到那里的十五座城，准备划归赵国。蔺相如想到秦王现在不过是装装样子而已，绝对不会把城给赵国，于是又对秦王说："这块和氏璧，是天下公认的宝贝，赵王非常喜欢，可因为害怕秦国势力强大。不敢不献给秦王，在送走这块璧的时候，赵王斋戒了五天，还在朝廷上举行隆重的仪式。现在大王要接受这块璧，也应该斋戒五天，然后在朝廷上举行九宾之礼，我才能把璧献给大王。"秦王想到璧在蔺相如手里，不好强取硬夺，便答应斋戒五天，然后，又派人送蔺相如到广城宾馆去休息。

到了宾馆，蔺相如想到秦王虽然答应了斋戒五天，但一定不会真把城给赵国，于是就选了一名精干的随从，让他穿上粗布衣服，打扮成普通老百姓，揣着和氏璧，悄悄地从小路连夜赶回赵国去了。"再说秦王假装斋戒了五天，就在朝廷上设下隆重的九宾之礼。两边文武大臣排立，传下命令，要蔺相如来献璧。

蔺相如走上朝廷，对秦王行了礼说："秦国从秦穆公以来，已经有二十一位国君了，没有一个是讲信用的。我怕受大王的欺骗而对不起赵国，所以早派人带璧离开秦国，恐怕现在早已到赵国了。"秦王听了，十分恼怒。蔺相如仍旧从容不迫地说："今日之势：秦强赵弱，因此大王一派使者到赵国要璧，赵国不敢违抗。马上就派我把璧送来，现在要是秦国真把十五座城割让给赵国以换取和氏璧，赵国哪敢要秦国的城邑而得罪大王？欺骗大王，罪当万死，我已不存生还赵国之望，现在就请大王把我放在油锅里烹死吧，这样也能使诸侯知道秦国为了一块璧的缘故而诛杀赵国的使者，大王的威名也能传播四方了。"

秦王的阴谋被彻底揭穿，又狡辩不得，只好苦笑一番。而秦王左右的大臣卫士，有的建议把蔺相如杀掉，但被秦王喝住了。秦王说："现在即使把蔺相如杀了，也得不到璧，反而损害了秦赵两国的友谊，也有损秦国的名声，倒不如趁机好好招待他，让他回赵国去。"

于是秦王依旧按九宾之礼在朝廷上隆重地招待了蔺相如；然后客气地送他回国。以后秦国一直不肯把十五座城割给赵国，赵国自然也就没有把璧送给秦国。

公元前282年，秦国派大将白起攻取了赵国的简（今山西离石县西）和祁（今山西祁县）两块地方。次年，秦国又派兵攻占了赵国的石城（今河南朴县西南）；又过了一年，再向赵国进攻，两国交战，赵国损失了两万多军队，但秦军的攻势也被遏止了。

公元前279年（赵惠文王二十年），秦昭王想和赵国讲和，以便集中力量攻击楚国，于是派使者到赵国，约赵王在西河外的渑池（今河南渑池县境内）见面，互修友好。赵王害怕，想不去，大将军廉颇和上大夫蔺相如商议，认为赵王推辞不去不好，就劝赵王去："秦王约您会议，如果大王不去，那就显得赵国力小而胆怯了，还是去好。"赵王听从了廉、蔺二人的建议，蔺相如也随着赵王一起去了。

廉颇带领大军把赵王送到边境，临分手。对赵王说："这次大王去渑池，路上来回的行程，加上会见的时间，估计前后不会超过三十天。为了防止意外，要是过了这个日期大王还未回来，请允许我们立太子为王，以断绝秦国扣留大王要挟赵国的念头。"赵王同意了。廉颇还在边境上布置了大量的军队，防备秦国的进攻。

到了渑池，见到秦王，双方行过礼，便在筵席上叙谈，酒到中巡，秦王对赵王说："我听说你喜欢弹瑟，我这里有瑟，就请你弹一支曲子助助兴吧！"赵王不敢推辞，只好弹了一曲。这时，秦国的御史走了过来，在简上写到：某年某月某日，秦王和赵王在渑池宴会，秦王命赵王弹瑟。

蔺相如见此不悦，上前对秦王说："赵王听说秦王擅长击缶，我这里有个缶，请你敲敲缶让大家高兴高兴。"秦王听了勃然大怒，不肯答应。蔺相如又端起缶走过去，献给秦王，秦王还是不肯敲。蔺相如就说："现在我离大王只有五步，如果大王不答应，我拼着一死，也要溅你一身血。"意思是要和秦王拼命。

秦王的侍卫看到秦王受到胁迫，慌忙拔出刀来，要杀蔺相如。蔺相如瞪着双眼，大喝一声，吓得侍卫连连后退，秦王心里很不高兴，也只好勉强在缶上敲了几下。蔺相如回头叫来赵国的御史，也把这件事情记下来：某年某月某日，赵王和秦王在渑池宴会，赵王命秦王敲缶助兴。

秦国的大臣们见秦王没有占便宜，就说："请赵王献出十五座城地为秦王祝寿！"蔺相如也不示弱，说："请秦王拿咸阳（秦国都城，今陕西咸阳县东）为赵王祝福！"

一直到酒筵结束，蔺相如为了维护国家的尊严，机智勇敢地同秦国君臣进行了针锋相对、不屈不挠的斗争，挫败了秦国的图谋。秦国也知道廉颇率领大军驻扎在边境上，使用武力也得不到好处，便只好恭恭敬敬送赵国君臣回国。以后，秦、赵间暂时停止了战争。

战国时代，赵惠文王因蔺相如办外交有功，拜蔺相如为上卿，官位在廉颇大将之上。廉颇因此心中不快，觉得自己功劳卓著，很不服气，扬言要当面侮辱蔺相如。相如知道后，不愿意和廉颇争位次先后，便处处留意，避让廉颇，上朝时假称有病，以便回避。有一次，蔺相如乘车外出，远远望见廉颇的车子迎面而来，急忙叫手下人把车赶到小巷里避开。相如手下的人便以为相如害怕廉颇，非常气愤。蔺相如对他们解释说："秦国这样强大，我都不怕，廉将军又有什么可怕呢？所以我想，强横的秦国今天之所以不敢对我们赵国轻易用兵，只是因为赵国有我和廉将军两人。如果我和廉将军两人不能和睦相处，互相攻击，像老虎一样相斗，结果必定有一虎受伤，秦国就会趁机侵略赵国。我所以对廉将军避让，是因为我把国家的安危放在前头，不计较私人的怨恨。"

蔺相如这番话，使他手下的人极为感动。相如手下的人也学习蔺相如的样子，对廉颇手下的人处处谦让。此事传到了廉颇的耳中，廉颇为相如如此宽大的胸怀深深感动，更觉得自己十分惭愧。于是脱掉上衣，在背上绑了一根荆杖，请人领到相如家请罪，并沉痛地说："我是个粗陋浅薄之人，真想不到将军对我如此宽容。"

蔺相如见廉颇态度真诚，便亲自解下他背上的荆杖，请他坐下，两人坦诚畅叙，从此誓同生死，成为至交。

看风流慷慨，谈笑过残年
——汉代名将李广

八声甘州
故将军饮罢夜归来

辛弃疾

原序：夜读《李广传》，不能寐，因念晁楚老、杨民瞻约同居山间，戏用李广事，赋以寄之。

故将军饮罢夜归来，长亭解雕鞍。

恨灞陵醉尉，匆匆未识，桃李无言。

射虎山横一骑，裂石响惊弦。

落魄封侯事，岁晚田园。

谁向桑麻杜曲，要短衣匹马，移住南山？

看风流慷慨，谈笑过残年。

汉开边，功名万里，甚当年健者也曾闲？

纱窗外，斜风细雨，一阵轻寒。

从这首诗的原序，我们知道辛弃疾在诗中主要是写李广。

李广（？—前119），西汉名将，陇西成纪人。其先祖李信为秦国名将，曾率秦军追逐燕太子丹直到辽东。公元前166年，匈奴大举入侵边关，李广少年从军，抗击匈奴。他作战英勇，杀敌颇众，使汉文帝大为赞赏。九年后，汉景帝即位，李广升为骑郎将，成为景帝身边的禁卫骑兵将军。吴王、楚王叛乱时，李广以骁骑都尉官职跟随太尉周亚夫出征平叛，在昌邑城下夺得叛军军旗，立下显赫战功。诸王叛乱平定后，李广调往上谷、上郡、陇西、雁门、代郡、云中等西北边陲做太守，抗击匈奴的入侵。

公元前140年，汉武帝即位，调李广为未央卫尉。四年后，李广率军出雁门关，被成倍的匈奴大军包围。匈奴单于久仰李广威名，令部下务必生擒之。李广终因寡不敌众而受伤被俘。押解途中，他飞身夺得敌兵马匹，射杀追骑无数，终于回到了汉营。从此，李广在匈奴军中赢得了"汉之飞将军"称号。归朝后，李广被汉帝革除军职，贬为庶人。

几年后，匈奴杀辽西太守，击败韩安国将军。武帝重新起用李广为右北平太守。匈奴闻"飞将军"镇守右北平，数年不敢来犯。

公元前120年，李广率四千骑兵出右北平。配合张骞出征匈奴。兵进数百里，突然被匈奴左贤王率四万骑兵包围，汉兵死伤过半，箭矢也快用完了。李广令士兵们引弓不发，他自己以大黄弓连续射杀匈奴裨将多人。匈奴兵将大为惊恐，纷纷被李广的神勇所镇住而不敢妄动，直到第二日，汉军主力赶到，李广军得以解出重围。

公元前119年，大将军卫青率军出击匈奴，李广以60多岁的高龄任前将军职。出塞后，卫青从俘虏口中得知了单于的驻地。他想甩开李广独得大功，便令李广的前锋部队并入右翼出东道，他自带中军去追单于。李广力争无果，遂引军与右将军赵食其合军出东道。由于道路难走又无向导，终于迷了路。此时卫青与单于接战，单于逃走，卫青只得徒劳而返，在回军的路上才与右翼部队会合。卫青差亲信带着酒肉来慰问李广，向他询问右翼部队迷路的经过。说卫青要向天子上报，把走失单于的责任推给右将军赵食其。李广一身正直，自然不答应。卫青大为光火，又派人催逼李广的幕僚去中军接受审问。李广说："他们无罪，迷路的责任在我，我自己去受审。"把责任全揽在自己身上。来人走后，李广望着那些多年共同生死的部将，慨然叹道："我自少年从军，与匈奴大小七十余战，想不到现今却被大将军如此催逼，我已年过花甲，那能再受这样的屈辱！"说罢拔出佩剑引颈自刎。一代名将，就这样含冤、悲惨地殒落了。

扈跸老臣身万里，天寒来此听江声
——唐代大诗人"诗圣"杜甫

龙兴寺吊少陵先生寓居

陆游

中原草草失承平，戍火胡尘到两京。
扈跸老臣身万里，天寒来此听江声！

少陵先生是指杜甫。杜甫曾在长安西南的少陵住过，自称少陵野老。唐代宗永泰元年（765 年）五月，杜甫离开成都，沿江东下，入秋抵忠州，曾在龙兴寺住了大约两个月。淳熙五年（1178 年）正月，宋孝宗召陆游东归。这首诗是他四月间路过忠州时写的。

杜甫，字子美，诗中曾自称少陵野老，因作过"检校尚书工部员外郎"的官职，后人又称他为"社工部"。

公元 712 年，杜甫出生在河南巩县一个没落的官僚家庭里。他的祖父是唐初的著名诗人杜审言。杜甫从小受着严格的诗书教育，学习非常刻苦。7 岁开始学习写诗，到了 14 岁，就已经能够写出很好的诗了。20 岁以后，他曾三次出门游历，南到现在的江苏、浙江一带，北到河北、山东都有他的足迹。33 岁那年，杜甫在河南洛阳遇见了当时已经是很有名的诗人李白，李白比杜甫大 11 岁，两人一见如故，建立了兄弟般的友谊。这次见面，给杜甫很大的影响。第二年秋天，他们在山东分手，不久，杜甫到了京城长安。

在长安，他一待就是 10 年。这 10 年间，他思想上发生了很大的变化、逐渐认识了社会黑暗，开始用诗歌反映人民的疾苦，揭露封建社会种种不合理的现象。

公元 755 年，杜甫凭着自己的才学，总算谋到了一个右卫率府胄曹参军的小官。这年冬天，他从京城长安回奉先县去看望自己的妻小。途经骊山，唐玄宗和杨贵妃正在华清宫里饮酒作乐，宫里传出了阵阵歌舞笙笛声。杜甫看到这一切，心里感慨万端。他停止脚步，抬头看着华清宫这华丽的殿堂，不由得使他想起了长安街头的挨饿受冻的人民，和一路上成群结队的饥民。其实，这时安禄山已经在范阳起兵，消息尚未传到长安。广大老百姓生活在水深火热之中，而以皇帝为首的这群大小官僚及杨氏一家过着花天酒地的生活。杜甫想到这里，心情非常沉重，他也联想到自己妻儿所处的境地可能更加悲惨，于是加快了归家的步伐。经过几天劳累，终于到了奉先县。刚走到家门口，就听到院里一片哭声。进屋一看，原来是自己未满周岁的儿子因饥饿而死。他眼前一黑，几乎要跌倒。他感到没有尽到一个作父亲的责任，连自己的儿子都养活不了，心中悲痛至极。

"安史之乱"发生后，杜甫听说李亨在灵武继承了皇位，他把妻小安顿好后，自己单独到灵武去，想为平定叛乱尽一点力。不巧，走到半路上被安禄山的部队俘虏，送到长安。公元 757 年，他冒险逃出了长安，到了当时临时

万古唯留楚客悲：诗词中的怀古故事

首都灵武。唐肃宗任命他当左拾遗，左拾遗是从八品的谏官，能够参与廷议，上书言事。杜甫对这个差事很满意，也很认真，经常给皇帝提点意见。李亨对此很不高兴，借口让杜甫回家探亲把他调开了。长安收复后，李亨又把他调到华州作个小官。杜甫对此很不满意，不久便离开官场，过着到处奔走飘泊的生活。

公元 759 年春天，安禄山已被其子安庆绪杀死，唐王朝军队先后收复了长安、洛阳等要地，取得了重大胜利。郭子仪等 9 个节度使 60 万军队，把安庆绪的部队紧紧包围在邺城即今河南省安阳县，形势对唐王朝非常有利。但由于唐王朝昏庸无能，几十万大军又没有一个统帅指挥，竟被叛将史思明打得几乎全军覆没，形势急剧恶化。为了扭转形势，需要马上扩充兵力，于是唐王朝就在洛阳潼关一带，大肆拉夫征兵。这时，杜甫由洛阳经潼关回华州，目睹了这一悲惨情景。其中有不成年的孩子，有子、孙都在战场死尽的老人，有刚结婚一宵的青年，都被征入军中，官吏们对他们残酷无情，使人们难以忍受。诗人念及祖国的危机，不得不对他们说些勉励和安慰的话。但对《石壕吏》中的老妪，诗人实在难以说点什么了，因为情况太悲惨了。诗人只好如实描述，对残暴的统治阶级提出严正的控诉。诗人把这些情况写成《新安吏》、《潼关吏》、《石壕吏》和《新婚别》、《垂老别》、《无家别》6 篇。

"安史之乱"后，杜甫被叛军抓住，押送长安。一面是过着俘虏的生活，一面是对国家前途的无限忧虑和对家人的深切怀念，虽然面对着长安的春天景色，只能使他更加伤感。

公元 759 年夏天，杜甫辞了官，带着全家迁到秦州，后又迁到同谷。这时，他非常穷困，无衣无食，只能靠拾橡栗，挖土芋过日子。日子实在过不下去了，他又搬到四川成都。这一年冬天，他依靠朋友的帮助，在成都西郊浣花溪建了一座茅屋，后人称为"浣花草堂"或"杜甫草堂"。杜甫一家这才暂时有个栖身之地，但生活还是十分困苦。一天黑夜，天上忽然刮起大风，屋顶上的茅草被大风刮掉了，屋里漏着雨，全家无法安眠。他感慨万端，于是写了《茅屋为秋风所破歌》："八月秋高风怒号，卷我屋上三重茅。……床头屋漏无干处，雨脚如麻未断绝。自经丧乱少睡眠，长夜沾湿何由彻？安得广厦千万间，大庇天下寒士俱欢颜，风雨不动安如山。呜呼！何时眼前突兀见此屋？吾庐独破受冻死亦足！"杜甫从自己的困境，联想到"天下寒士"的苦难遭遇，唱出了"安得广厦千万间，大庇天下寒士俱欢颜"的心声。这说明，诗人首先想到的并不是自己。他甚至说，只要能有这样的"广厦"，自己冻死了也心甘情愿。

万古唯留楚客悲：诗词中的怀古故事

杜甫在四川住了 9 年，中间虽然有朋友川西节度使严武的帮助，但时间很短，严武死后，杜甫又无依无靠了。于是他带着家属离开四川，先后到过梓州、阆州、夔州、江陵、岳州、潭州、郴州等地。他投亲投不着，靠友不如意，只好到处流浪。晚年住在一条小船上，漂泊湘江一带，生活非常穷苦，只好以卖药为生。即使如此，杜甫仍然日夜琢磨他的诗篇。

杜甫晚年，无家可归，一只到处飘泊的小船成了他的家。由于水上潮湿，长期的水上生活，使他染上了严重的风湿病。公元 770 年冬天，这位伟大的诗人，在贫疾交加中死于湘江的船上，终年 59 岁。

范蠡其明哲，功成学鸱珍
——范蠡

题三高祠

杨友夔

长桥度已尽，有亭枕江湄。

常时闭共门，为问居者谁。

范蠡其明哲，功成学鸱珍。

烟波五湖上，风月一西施。

张翰轻绂冕，归及鲈鱼时。

生前一杯足，何以身后为。

鲁望楼甫里，有田常茂饥。

不应州县辟，郁此胸中奇。

并为吴越人，名与日月垂。

相去二千载，今乃同一祠。

壁间面如生，凛然人在兹。

我本江海客，於焉起遐思。

死者不可作，来者讵可期。

手持一钓竿，浩歌熟从之。

三高祠堂，位于吴江，建于宋初，供奉着春秋越国范蠡、西晋张翰、唐朝陆龟蒙三位高人。

范蠡，生卒年不详，字少伯，楚国宛（今河南南阳）人，春秋末年越国大夫，著名的军事家、政治家。

范蠡早年与宛令文种一同赴越国，为大夫。周敬王二十四年（前496年），越王允常死，勾践即位，即位后，由范蠡主持军事，与主持政务的文种携手振兴越国。吴国却乘机攻越，越军利用吴军的疏忽，采取偷袭战术打败吴军，吴王阖闾重伤身亡。阖闾的儿子夫差继承王位后，任命伍子胥为相国，伯嚭为太宰，积极训练军队，重振吴国军事力量。

周敬王二十六年（前494年），吴国为报前仇，准备出动精兵攻越。越王勾践得到吴王夫差准备攻越的消息，决定先发制人，出兵攻吴。范蠡则认为越国的战争准备还不充分，实力尚不充足，时机也不成熟，不主张攻吴，应伺机而动。但越王不听范蠡的劝阻，坚持出兵，结果在吴越夫椒（今江苏吴县西南太湖中心洞庭西山，一说今浙江绍兴北）之战中，越军惨败。越国在生死存亡关头，范蠡提出了暂时屈辱求全的策略，主张用卑辞厚礼向吴求和，如不答应，就由越王亲自到吴国做人质。吴王不听伍子胥的劝告，休战撤兵，并允许越王到吴国做人质。于是，范蠡随越王入吴，为臣仆3年，备尝屈辱。一天，吴王夫差单独把范蠡找去，对他说："勾践给我当奴仆，你何必还跟着他？俗话说，'聪明妇女不嫁败亡之家，明哲臣子不跟国灭之君。'你若抛弃勾践归顺我，我就免除你的苦役，让你做大官。"范蠡跪下说："感谢大王的好意。俗话说，'亡国之臣，不敢语政；败军之将，不敢言勇。'我是败国之臣，何敢再望富贵？还是让我跟着旧主为您服役吧。"吴王见范蠡意志坚定，只好作罢。3年后，放勾践、范蠡回国。

范蠡回国后，与文种等为勾践制定了结好齐、晋、楚，表面卑事吴国，暗中积蓄力量的兴越方略；同时实行"美人计"，将自己的爱姬西施送与吴王，以使他沉溺女色，分散精力。经"十年生聚"、"十年教训"，越国迅速强盛，吴国则实力削弱。

周敬王三十八年（前 482 年）春，吴王夫差率全国精锐部队北上黄池会盟，越王勾践想乘吴国国内空虚之机出兵攻吴。范蠡认为时机未到。他分析说："吴王率精兵北上会盟，国中空虚，太子留守。但吴大军出境未远，闻越乘虚而入，会很快回兵击我"，因而劝勾践暂缓出兵。数月之后，估计吴军已到黄池，遂促勾践出兵袭吴。范蠡率师一部，由海道入淮河，切断吴军自黄池的归路，配合勾践所率主力，歼吴都姑苏守军，俘虏吴太子，迫吴王求和。周敬王四十二年（前 478 年），范蠡、文种乘吴国多年灾荒又遇大旱，仓廪虚，百姓饥饿，多就食于东海之滨的机会，再次建议勾践乘隙攻吴。越军以两翼佯动、中央突破、连续进攻的战法，大败吴军于笠泽。吴王夫差被越军长期围困，力不能支，遂派王孙雒袒衣膝行向勾践求和。勾践于心不忍，正要应允，范蠡上前说："大王您忍辱受苦 20 余年，为了什么？现在能一旦抛弃前功吗？"转头又回绝王孙雒说："过去是上天把越赐予吴国，你们不受；今天是上天以吴赐越，我们不敢违背天命而听从你们的请求。"王孙雒还要哀求，范蠡毅然鸣鼓进兵。吴王夫差见大势已去，就自杀而死。

勾践灭吴后，置酒高会，大宴群臣。军民欢腾跳跃，勾践却面无喜色。范蠡看出勾践好大喜功的性格，即使谋成国定，也永无满足之日。遂决定激流勇退，离开勾践。他离开之前写信给文种说："飞鸟尽，良弓藏；狡兔死，走狗烹。越王为人长颈鸟喙，可与共患难，不可与共乐，子何不去？"（《史记·越王勾践世家》）但文种对范蠡的话半信半疑。当范蠡向越王辞行时，勾践含泪挽留说，"你走了叫我靠谁？你留下，我可以分国一半给你；你如果真走，我就杀掉你的妻子。"范蠡坚定不移地说："我听说，君子适应形势，有计不急于成功，死了不被人猜疑，内心也不自欺。我离越出走，我妻子有什么罪过呢？"于是范蠡装其轻宝珠玉，自与其私徒属乘舟浮海以行，终不反。勾践表会稽山以为范蠡奉邑。

范蠡走后不久，文种因遭到越王猜忌而伏剑自杀。范蠡则在齐国从事经商和农畜业生产，成为巨富，自号陶朱公。其妻也被越王封地百里。

岳王祠畔，杨柳烟锁古今愁
——精忠报国的岳飞

《水调歌头》

戴复古

轮奂半天上，胜概压南楼。
筹边独坐，岂钦登览快双眸。
浪说胸吞云梦，直把气吞残虏，西北望神州。

百载一机会，人事恨悠悠。

骑黄鹤，赋鹦鹉，谩风流。

岳王祠畔，杨柳烟锁古今愁。

整顿乾坤手段，指授英雄方略，雅志若为酬。

杯酒不在手，双鬓恐惊秋。

　　这首词大约作于宋宁宗嘉定十四年（1221 年），这一年南宋的抗金形势非常有利，但这一抗金良机却被南宋朝廷轻易错过。该词表现了词人的忧国情怀，全文不言愁而愁怀毕现，耐人寻味。

　　在这样一个抗金的关键时刻，诗人不由自主的想到了抗金名将岳飞。因此他才说："岳王祠畔，杨柳烟锁古今愁。"

　　岳飞（公元 1103 年－1141 年），字鹏举，生于河北西路相州（今河南安阳）汤阴县一个农民家庭。他自幼随父亲在农田劳动，体格健壮，臂力过人。他沉默寡言却很有志气，劳作之余师从射箭名师周侗和枪手陈广，练得武艺超群。他勤于读书，尤其爱读《左氏春秋》和孙吴兵法。在母亲姚氏的教诲下，岳飞脑海里深深地刻上了忠君报国、忧国忧民，以天下为己任的信念。自 1122 年（北宋宣和四年）到 1129 年（南宋建炎三年）的 8 年间，岳飞先后四次从军，跟随七任长官转战黄河南北，抗击金兵。他背负着岳母亲刺的"精忠报国"四字，满怀着一腔报国热忱，在战场上奋勇杀敌、屡立战功。但是由于他年轻气盛、意气用事，加之南宋朝廷软弱腐败，岳飞的军旅生涯充满了艰难曲折。他曾因越职上书，反对朝廷避地东南而遭到革职；

曾因率部擅自行动而险遭军法处决。但智勇双全的岳飞凭着坚定的爱国信念，凭着过人的勇力和超人的智慧，抗阻住了金军的铁蹄，也抗住了厄运的袭击，在挫折和困境中逐渐成熟起来。

1128 年春（南宋建炎二年），岳飞跟随抗金副元帅宗泽在黄河以南连续击败金军。7 月，宗泽病逝。岳飞悲痛之余，暗暗立誓要完成宗泽的遗志。1129 年（建炎三年），接替宗泽官职的杜充面对金军的大举南侵，决定丢弃汴京南逃。岳飞被迫随军退至建康（今江苏南京市）。这年 10 月，金军在兀术率领下，兵分两路，自长江北岸马家渡渡过长江。宋军的江防战线不堪一击，顷刻间土崩瓦解，杜充叛降。宋高宗赵构率黄潜善、汪伯彦等人慌忙继续南逃。岳飞则以统制官身份率部自成一军，转战江南坚持抗金斗争。

1129 年冬至 1130 年冬，岳飞率部转战广德、宜兴、常州、建康、泰州、楚州、承州等地。当时，各地经过全军扫荡，土匪横行，百姓的粮食、财物被洗劫一空，军粮不继，军心浮动。岳飞设法夺取敌人的给养来供给军食，自己跟普通士兵一样过艰苦生活。1130 年正月，岳飞率军到宜兴驻守。他严格执行军纪，收编散兵游勇，安定社会秩序。这时的岳飞更加老练成熟，成为一个能征惯战的勇将，他的部属也锻炼成为一支斗志旺盛的威武之师。这年春天，在南宋军民的顽强抵抗下，金军不得不妄称"搜山检海已毕"，撤军江北。宋廷命令岳飞率部收复建康城。在历时半个月的战斗中，岳飞率领将士与金军交战数十次，杀敌 3000 余人，胜利地收复了建康。建康之战，是岳飞所部独立成军以来的首捷，它标志着岳飞已成为一名独当一

万古唯留楚客悲：诗词中的怀古故事

面的主将。在游览宜兴西南张诸镇的一所寺庙时，岳飞满怀必胜的信心写下了《五岳祠盟记》，抒发了自己誓死抗金，迎还徽、钦二主，恢复故土的雄心壮志。

1130 年 7 月，宋廷任命岳飞为通、泰镇抚使，兼知泰州。之后又北进收复承州、救援楚州。然而由于轻敌等其它不利因素，作战失利，退守江阴。这时，宋金战争的态势出现了重大变化。1130 年秋至 1134 年春，金军集中力量进犯川陕，江淮地区，仅利用伪齐军队牵制宋军。南宋朝廷抓住这个机会，全力巩固江南，肃清内部。岳飞按照朝廷命令，剿灭了江淮匪帮，镇压了吉、虔农民暴动。在这个过程中，岳飞所部发展到近三万人。岳飞制订严格的军纪，无论亲疏，一视同仁。他处斩了违抗军令的虎将傅庆，斩杀了扰民并有叛变行为的士兵。

为了胜利完成北伐任务，岳飞严格训练军队，大大提高了战斗力，将士无不以一当十。他又根据敌人兵力分布，扫荡了开封外围。经过两个月的进攻，连克十几座城池。7月，金军与岳家军在郾城、颖昌进行会战。岳飞孤军深入，指挥若定，取得了大败金军的辉煌胜利。战后．金军不得不哀叹："撼山易，撼岳家军难。"金军统制王镇、统领崔庆等带领全部人马投降岳家军。龙虎大王突合速帐下的心腹禁卫，也接受岳飞的旗榜，率部从北方来降。形势对岳家军极为有利。7月下旬，岳飞挥师直扑开封，决计一举歼灭龟缩在开封城中的金帅宗弼及其残兵败将。朱仙镇一战，金兵 10 万兵马一触即溃，更增强了岳飞乘胜渡河收复河北的决心。他再次上书朝廷，要求复取旧疆，报亡国之耻。他鼓励部下说："宜掏黄龙府（今吉林农安，金人老巢），与诸君痛饮耳。"河东、河北的百姓翘首相迎。燕京（今北京）以南，金朝号令不行。金帅兀术不敢再战，只求能安全撤回北方。

正当岳飞准备收复开封时，高宗却在一天之内用金字牌发出 12 道诏书，催促岳飞班师，理由是"孤军不可久留"。事实上，赵构怕的是岳家军全胜，岳飞功勋太大，有益主之威，再加上倘若岳飞迎回二帝，赵构的帝位亦难保。而以奸相秦桧为首的投降派为金人效劳，以主和起家，岳飞得胜，他们性命难保。于是君臣两相勾结，一面勒令岳飞班师回朝，一面与金人议和。圣命难违，满腔热血的岳飞不禁仰天长叹："十年之功，废于一旦。"被迫下令撤军。撤军前为防止金人偷袭，故意放出风声言称次日渡河。金兵连夜弃开封而逃，北去 100 多里。百姓们闻知岳家军将撤，都痛哭失声。岳家军走后，金兵重新夺占了郑州、颍昌、陈州、蔡州等地。

1141 年 4 月，赵构和秦桧及其死党经过宫廷密议，任命岳飞为枢密副使，实际上解除了他的兵权。8 月，赵构又罢免了岳飞的枢密副使之职，改任万寿观使的闲职。但是，赵构、秦桧对岳飞的迫害并未就此止步。他们炮制出岳飞策动兵变、拥兵自重、企图谋反的罪状，将岳飞逮捕下狱。在狱中，奸臣的走狗用尽酷刑，岳飞英勇不屈，拒绝承认所谓谋反罪状。1142 年（绍兴十一年）的腊月 29日，大理寺执法官再次威逼岳飞在供状上画押。岳飞知道已到了生命的最后时刻，但他仍然坚信自己抗金爱国无罪。他镇定自若地捉笔在供状上写下八个大字："天日昭昭，天日昭昭！"遂慷慨赴死。

极目万里沙场，事业频看剑
——宋武帝刘裕的建国事迹

《祝英台近·北固亭》

岳珂

澹烟横，层雾敛，胜概分雄占。月下鸣榔，风急怒涛？关河无限清愁，不堪临鉴。正霜鬓、秋风尘染。

漫登览，极目万里沙场，事业频看剑。古往今来，南北限天堑。倚楼谁弄新声，重城正掩。历历数、西州更点。

北固亭在镇江城北的北固山上，下临长江，三面滨水，形势险要，是英雄豪杰分占之地。刘裕曾在此起兵北伐，孙权曾在此建都定国。

宋的开国者刘裕，原名刘道成，字德舆，小字寄奴。

刘裕虽出身帝王之后，官宦世家，但因父亲早逝，家境贫苦，幼年竟沦落到靠卖草鞋为生。不过，刘裕少有大志，一心想做一番惊天动地的大业。带着如此雄心壮志，刘裕年轻时从军，成为东晋北府军的下级军官。

公元399年，孙恩、卢循在会稽起义，晋朝廷派前将军刘牢之东来镇压，刘牢之请刘裕为参府军事。刘裕为人机智有谋，勇敢善战，多次克敌致胜，屡立战功。因功升建武将军、下邳太守、彭城内史。刘裕从此起家，成为东晋一员虎将。不久，东晋将领桓玄起兵反晋，攻破晋都建康。于公元403年篡晋称帝，改国号为"楚"。

公元404年二月初一，刘裕在家乡京口起兵讨伐，卫晋抗楚。公元405年，刘裕击败篡晋的楚帝桓玄，晋安帝司马德宗复位，任刘为侍中、车骑将军、中外诸军事、徐青二州刺史、兖州刺史、录尚书录。

刘裕从此控制了东晋朝政，成为权倾天下的显赫人物。

在公元409年二月，南燕军队侵扰淮北，就正好给了刘裕一个机会。他上书皇帝，要求北伐，获得朝廷批准后，他迅速出兵，五月就到了下邳。

南燕是慕容垂的弟弟慕容德建立的国家。他的才能比慕容垂的儿子们强得多，但自己后继乏人，最后把王位传给了侄子慕容超。慕容超是个昏君，虽然人很聪明，但脑筋都用在了游猎征税上，根本不知道怎样跟东晋打仗。大臣公孙五楼向他提出了对付刘裕的上中下三策，上策是避开锋芒拖延时间，派小股精骑兵截断晋军的粮道，然后腹背夹击；中策是坚壁清野，让刘裕的军队不战而溃；下策是无所作为，只等着刘裕来攻城的时候出城迎战。结果慕容超信心十足地选了一个下策，刚一交锋就被刘裕打得一败涂地，此后他连战连败。第二年南燕灭亡，慕容超也被送到建康斩首。

当刘裕的大军攻来时，南燕也曾经与后秦的姚兴联络寻求帮助，但姚兴一时派不出兵来，就派使者送信去威胁刘裕，说如果晋军不退，就要发骑兵十万来攻打他。刘裕明白这只是虚张声势，就很不客气地回口信说等着他们过来。别人都担心姚兴一怒之下真会发兵，但刘裕却说如果姚兴真要动手，就会以迅雷不及掩耳之势出奇兵攻击，现在却故意把计划透露出来，显然只是在吓唬他们。

刘裕看得没错，后秦果然是在虚张声势。这个国家很不幸，遇上正打算建功立业的刘裕，很快就成了他称帝的牺牲品。公元416年，刘裕再一次率军北伐，此时姚兴已经病逝，太子姚泓刚即位，政权还处于不稳定期。刘裕出征很顺利，第二年八月就攻进长安，姚泓投降，和慕容超一样被送到建康处斩，百余名归降的宗室成员也都被刘裕杀掉。九月，刘裕进入长安，很是志得意满，他在长安拜谒汉高祖刘邦的陵墓，又在未央殿召见文武大臣，一时间风光无限。

公元417年攻克长安，灭后秦，受封为宋王。

公元420年六月丁卯日，在扫除所有障碍之后，大权在握的刘裕终于代晋称帝，国号"宋"，改元"永初"，定都建康（今江苏南京），史称刘宋。

刘宋初期，刘裕又收复北方的青、兖二州，西至关中，大致拥有黄河以南的广大地区，成为东晋南朝时期疆域最大的一个王朝。

在生活上，刘裕崇节俭，不爱珍宝，不喜豪华，宫中嫔妃也少。宁州地方官曾经奉献琥珀枕，是无价之宝，他不稀罕。在出征后秦时，有人说琥珀能够治疗伤口，他就命人将它砸碎，分给将领作为治伤药。平定关中后，他得到了美女姚氏，十分宠爱。臣下谢晦劝谏他不要因女色而荒废政务，他当晚就将姚氏送出宫去。得了病，群臣劝他求神拜佛，他阻止，只命医官诊治，自己静心调养。

因此，刘裕在中国历史上是个比较明智的帝王，堪称一代有为之君。

追念照水然犀，男儿当似此，英雄豪杰
——采石矶大捷

念奴娇

吴渊

我来牛渚，聊登眺、客里襟怀如豁。

谁著危亭当此处，占断古今愁绝。

江势鲸奔，山形虎踞，天险非人设。

向来舟舰，曾扫百万胡羯。

追念照水然犀，男儿当似此，英雄豪杰。

岁月匆匆留不住，鬓已星星堪镊。

云暗江天，烟昏淮地，是断魂时节。

栏干捶碎，酒狂忠愤俱发。

牛渚山在今安徽当涂县西北，下临长江，其山脚突入江中处，名采石矶，为长江最狭长之处，形势险要，自古为南北战争必争之地。

作者登临牛渚危亭，面对山川险要的形势，历史上在此地发生的战事一一涌上心头，但最念念不忘的也许就是

"采石矶大捷"。

南宋绍兴 31 年（公元 1161 年）11 月，在宋金战争中，宋军在采石矶江面上击败金军的一次重要水战。

这一年，金主完颜亮集兵大举南下，企图灭亡南宋，10 月初，金帝完颜亮亲率主力 17 万人进抵淮河北岸，欲从寿春渡淮。南宋担任淮西防务的建康都统制王权，闻金军来攻，不加抵御，加之宋江、淮、浙西制置使刘锜奉命退守长江，致使金军顺利渡过淮河。宋军退至和州（今安徽和县），将士纷纷请战，王权诡称奉旨弃城守江，便乘船先逃，部队随之败退采石矶，统制官姚兴力战身亡。完颜亮进入和州后，拆房造船，临江筑坛、杀黑马祭天，准备十一月初八渡江。由于宋军不战自溃，王权被宋朝廷罢职，而接替王权负责江防的诸军统制李显忠尚未到任，江防部队无人指挥，处于一片混乱状态，难以抵挡金军的进攻。如果长江天堑不能固守，则南宋政权将危在旦夕。11 月 6 日，宋廷前来采石犒师的中书舍人、督视江淮军马府参谋军事虞允文见军无主帅，情势危急，便挺身而出，主动担任江防指挥，召集统制张振、王琪、时俊、戴皋、盛新等人聚议，动员和组织部队抵御金军进攻。当时，宋军江防部队仅有集结后的王权余部 1.8 万人，只及金军的十分之一。但金军用于渡江的船只，是临时拆用民房的木材建造的，很不牢固，而宋军则拥有蒙冲、海鳅、车船等多种战船，船体坚固，机动性好，攻击力强。根据交战双方的兵力情况和战区的地形，虞允文对江防作了周密的部署：以步、骑兵荫蔽在江岸高地后面，严阵以待，以水军为主力，部署在江中，凭借水战长技，加以水陆结合，以御金军。

最美的诗词故事大全集

水军共分为 5 部分：两部分分别防守江岸的东段和西段，为左右两翼；一部分居中，作为主要突击兵力；另两部分荫蔽在港汊中，充当预备队。

11 月 8 日，完颜亮就督数百艘船只自采石矶杨林渡向南岸进发，金战船绝江而来，涌向南岸，70 艘先头船已迫近岸边。虞允文沉着指挥，时俊执双刀奋勇出击，士卒无不以一当十拼死抵抗。水军则以海鳅船猛冲金军船队，并施放霹雳炮迷敌眼目。由于金军不熟悉长江的水文情况，船只的稳定性和机动性又很差，大部分船只被海鳅船撞沉。虞允文又组织弓箭手齐射，金兵纷纷落水。金军虽伤亡惨重，但从早至晚仍激战不退。此时，恰好有宋军败兵 300 余人自光州退至采石，虞允文授以旗鼓，令其从山后转出，作为疑兵。金军以为宋援军赶到，开始撤退。虞允文为不给金军以喘息之机，乘夜先分海舟缒上游，遣战船载薪截金人于杨林河口。宋军水陆配合，大败金军，歼敌 4000 余人，首战告捷。虞允文判断，次日金军仍将进攻，便连夜调整部署，将一部战船置于上流。以另一部兵力堵截杨林口，封锁金军船只出江的河口，待机歼敌。

第二天清晨，金军果然再次发起进攻。宋水军乘胜上下夹击，先以神臂弓射退金骑兵，继而海鳅船横冲直撞，霹雳炮声震如雷，烟雾迷漫。宋水军再战获胜，焚敌船 300 艘。

12 日，完颜亮在采石矶渡江失败后，率军退至扬州。虞允文料定金军将改在瓜洲渡江，占领京口（今江苏镇江），继续南侵，于是就在 11 月 16 日率领 1.6 万军队到达京口。这时，宋军的其他部队也相继陆续到达，总兵力已经达到 20 万人。但水军力量薄弱，海船还不满百艘，戈船也只有 50 艘。虞允文下令部署：一面修造战船，一面加强江防部署，命士兵踏车船在江上往返巡逻，以壮声威。金军见宋军早有准备，防守严密，最终也未敢渡江。

由于采石矶失败，京口又不能渡，军事上的失败加剧了金朝统治阶级内部的矛盾。11 月 27 日，完颜亮被部属杀死。完颜亮一死，金军全线北撤。

雁起青天，数行书似旧藏处
——夏禹

齐天乐

吴文英

三千年事残鸦外，无言倦凭秋树。

逝水移川，高陵变谷，那识当时神禹？

幽云怪雨，翠萍湿空梁，夜深飞去。

雁起青天，数行书似旧藏处。

寂寥西窗久坐，故人悭会遇，同剪灯语。

积藓残碑，零圭断璧，重拂人间尘土。

霜红罢舞，漫山色青青，雾朝烟暮。

岸锁春船，画旗喧赛鼓。

本篇是一首登临之作，歌咏的是为我国人民所熟知的古圣先贤中的著名人物夏禹。

在公元四千多年前的尧舜时代，中国的广大地域江河泛滥，洪水滔天。人民遭受洪水灾害，田地房屋淹没，老百姓流离失所，生命财产损失严重。当此危难时期，部落联盟的首领是舜，急命鲧（夏禹的父亲）去"平水土"——治理洪水。鲧采用了"水来土掩"的方法，作了九年的漫长岁月，结果劳民伤财，事功无成，终归失败。受到部落法规处治，处以死刑。尔后，四方部落的酋长和大多人众又向舜推荐夏禹继承其父的治水业务。夏禹原是夏后氏部落首领，故称夏禹，也称大禹。夏禹沉痛地感到父亲因水而死，下决心要征服洪水。并总结前人及其父亲治水的经验教训，由日夜思考，操劳实验，从中得到改变治水的好方法，即改变"水来土掩"的旧法，而采用了"凿山导流，疏通壅塞，引江河洪水入沧海"的疏导方法，从而，夏禹同他的助手契、后稷、皋陶、伯益等人带领人众，从四川的岷江开始治水，随即治理湔江、通口河（四川北川县境内）、嘉陵江（四川境内），又转向黄河、淮河、长江而富春江、钱塘江等大江流域。特别是"凿龙门"（今山西河津和陕西韩城之间的龙门山，即"晋陕峡谷"）、"辟伊阙"（今河南洛阳市南 12.5 公里处，两山相峙如阙门，伊水径流其间）。工程浩大，使用了大量的人力物力。夏禹同人众披星戴月，栉风沐雨，不辞辛劳地终于完成了凿山导流的任务。传说夏禹新婚后辞家，在外治水十三年，三过家门而不入。乃至连他的妻子（涂山氏）生孩子也没有回去看一眼。其勤政劳苦忙碌的情景可见。由于夏禹治水的努力，水患终于平息。部落酋长和人众，一致推选夏禹

万古唯留楚客悲：诗词中的怀古故事

做部落联盟的首领。又因为：传说舜在位 61 年，活了 110 岁，在巡视南方的途中死去，所以，继承舜为首领的就是历史上杰出人物的大禹，大禹是夏族（夏后氏）人，国号称为夏，就是中国历史上夏朝之始。

夏禹继位后，把中国的疆域分为九州，收集各地的青铜，铸造了九鼎，作为统一的象征。

夏禹唯恐自己在为人处世、修身治国方面有的道理不明白；对自然或社会一切事物的义理看问题不熟悉；对处理国家事务有无不妥当的地方；对国家社会各行各业的隐患和忧事是否全知道了；对刑事案件、诉讼监狱的事是否及时办理完善了。这一问题，都在夏禹头脑里无时无刻地萦绕思虑。但是四方部落和众多百姓，离他驻地远近不一，同时又少有机会向他当面直言有关问题。所以，夏禹对全国各地、各方面的情况、各种各样的问题都需要了解和解决问题，把国家事务办好。为此，他就作了一套"揭器求言"的办法和设施。所谓"揭器求言"，就是在门外悬挂钟、鼓、磬、铎、鞀五种乐器。有人来求见他，根据要反映的内容，只要敲其中一件乐器就行了。他对民众宣布说："有人要告诉我为人治国的道理就击鼓；讲解事物的义理就撞钟；报告公事办法就振铎；说明社会忧事就敲磬；要办诉讼案件就摇鞀。"此后，夏禹在住房里面听见哪件乐器响了，就知道来人要反映哪一方面的事情，提哪方面的意见。据说，夏禹为了接待前来访问的人，经常是"一馈而十起，一沐三握发"——即吃一顿饭站起来十次，洗一次头发三次手握湿发同人谈话，决不慢待来访的人。

有一次，夏禹外出巡视，在路上看到一批被押解的犯

最美的诗词故事大全集

人。这些犯人双手被捆绑，像牛马一样地被驱赶。夏禹看了心里很不是滋味，便从车上下来，问这些犯人的犯罪经过。听了犯人的陈诉，他竟伤心地哭泣起来。随行人员看到这种情景，觉得很奇怪又不能理解。有人就问夏禹说："这些人之所以落到这个地步，是因为他们不讲理，不守法，应当受惩罚。你为什么同情怜悯他们，还要惋惜痛哭呢？"夏禹回答说："尧和舜做领袖的时候，能以德感化人，全体民众都以尧舜之心为心，安分守礼，自然都不违法犯罪了。现在我做全国的首领，不能以德感化人，每个百姓都以私心为心，不讲道理，不守法规，任意做犯罪的事。所以，犯罪的虽然是他们，其根源却在我的身上，这就是我伤心悲痛的原因。我不是怜惜犯罪的人，而是痛恨我的德行远远不如尧舜啊！"

当时，有一个名叫仪狄的人，以善酿佳酒闻名遐迩。有一次，仪狄把自己酿的酒献给夏禹品尝。夏禹饮了仪狄的酒，觉得甚为甘美。但是夏禹却又联想到有关国家兴衰问题。他说："后世之人，必有因纵酒而导致亡国的事情发生啊！"此后，夏禹就对仪狄疏远了，甚至于不准仪狄再来进见，并下令宫内不许饮酒。

古代祭祀神灵，供奉祖先，宴会盛典，都少不了酒。但纵饮过度，不但内生疾病，而且外废政务，以致乱亡之祸势不可免。所以，夏禹谨始虑微，预以为戒。不料，夏禹戒酒防微而所说的话，果真说准了。他的末代子孙夏桀，荒淫无道，终日纵饮。这个暴君竭百姓之财，作琼宫瑶台，设酒池肉山。传说酒池里可以行船。糟堤十里，一鼓而牛饮者三千人！后来，夏桀终于在醉生梦死中削弱了自己的统治，被商王朝的杰出领袖成汤攻伐夏桀，史传"汤伐夏桀"即是，取代了夏朝的统治。

临安南渡，芳景犹自如故
——古代才女李清照

永遇乐·璧月初晴

刘辰翁

　　余自乙亥上元诵李易安《永遇乐》，为之涕下。今三年矣，每闻此词，辄不自堪。遂依其声，又托之易安自喻。虽辞情不及，而悲苦过之。

　　璧月初晴，黛云远淡，春事谁主？禁苑娇寒，湖堤倦暖，前度遽如许！香尘暗陌，华灯明昼，长是懒携手去。谁知道，断烟禁夜，满城似愁风雨！

　　宣和旧日，临安南渡，芳景犹自如故。缃帙流离，风鬟三五，能赋词最苦。江南无路，鄜州今夜，此苦又谁知否？空相对，残釭无寐，满村社鼓。

　　"宣和旧日，临安南渡，芳景犹自如故。缃帙流离，风鬟三五，能赋词最苦。"一句诗，写的是李清照南渡后，常忆起宣和年间的汴京旧事，每生物是人非，家国不在的感慨。她因国破、家亡、夫死而倦于梳妆，即使是逢元宵节，也是"风鬟霜鬓，怕见夜间出去"，只能以哀愁的小词自慰，这是人间最苦之事。

李清照于宋神宗元丰七年（1084 年）出生于一个官宦人家。父亲李格非进士出身，在朝为官，地位并不算低，是学者兼文学家，又是苏东坡的学生。母亲也是名门闺秀，善文学。

官宦人家的千金小姐，享受着舒适的生活，并能得到一定的文化教育，这在千年封建社会中并不奇怪。令人惊奇的是，李清照并没有按常规初识文字，娴熟针绣，然后就等待出嫁。她饱览了父亲的所有藏书，文化的汁液将她浇灌得不但外美如花，而且内秀如竹。她在驾驭诗词格律方面已经如斗草、荡秋千般随意自如。而品评史实人物，却胸有块垒，大气如虹。

夫婿赵明诚是一位翩翩少年，两人又是文学知己，情投意合。赵明诚的父亲也在朝为官，两家门当户对。更难得的是他们二人除一般文人诗词琴棋的雅兴外，还有更相投的事业结合点——金石研究。在不准自由恋爱，要靠媒妁之言、父母之意的封建时代，他俩能有这样的爱情结局，真是天赐良缘，百里挑一了。

宋王朝经过 167 年"清明上河图"式的和平繁荣之后，天降煞星，北方崛起了一个游牧民族。金人一锤砸烂了都城汴京（开封）的琼楼玉苑，还掠走了徽、钦二帝，赵宋王朝于公元 1127 年匆匆南逃，开始了中国历史上国家民族极屈辱的一页。李清照在山东青州的爱巢也树倒窝散，一家人开始过漂泊无定的生活。南渡第二年，赵明诚被任为京城建康的知府，不想就在这时发生了一件国耻又蒙家羞的事。一天深夜，城里发生叛乱，身为地方长官的赵明诚不是身先士卒指挥戡乱，而是偷偷用绳子缒城逃走。事定之后，他被朝廷撤职。李清照这个柔弱女子，在这件事上却表现出大节大义，很为丈夫临阵脱逃而羞愧。赵被撤职后夫妇二人继续沿长江而上向江西方向流亡，一路难免有点别扭，略失往昔的鱼水之和。当行至乌江镇时，李清照得知这就是当年项羽兵败自刎之处，不觉心潮起伏，面对浩浩江面，吟下了这首千古绝唱：

生当作人杰，死亦为鬼雄。至今思项羽，不肯过江东。

丈夫在其身后听着这一字一句的金石之声，面有愧色，心中泛起深深的自责。第二年（1129）赵明诚被召回京复职，但随即急病而亡。

1129年8月，丈夫赵明诚刚去世，9月就有金兵南犯。李清照带着沉重的书籍文物开始逃难。

她从建康出逃，经越州、明州、奉化、宁海、台州，一路逃下去，一直漂泊到海上，又过海到温州。李清照一孤寡妇人眼巴巴地追寻着国君远去的方向，自己雇船、求人、投亲靠友，带着她和赵明诚一生搜集的书籍文物，这样苦苦地坚持着。赵明诚生前有托，这些文物是舍命不能丢的，而且《金石录》也还没有出版，这是她一生的精神寄托。她还有一个想法就是这些文物在战火中靠她个人实在难以保全，希望追上去送给朝廷，但是她始终没能追上皇帝。她在当年11月流浪到衢州，第二年3月又到越州。这期间，她寄存在洪州的两万卷书，两千卷金石拓片又被南侵的金兵焚掠一空。而到越州时随身带着的五大箱文物又被贼人破墙盗走。1130 年 11 月，皇上看到身后跟随的人太多不利逃跑，干脆就下令遣散百官。李清照望着龙旗龙舟消失在茫茫大海中，就更感到无限的失望。

赵明诚死后，李清照行无定所，身心憔悴。不久嫁给了一个叫张汝舟的人。这个张汝舟，刚一接触也是个彬彬有礼的君子，刚结婚之后张对她照顾得也还不错，但很快就露出原形，原来他是想占有李清照身边尚存的文物。这些东西李视之如命，而且《金石录》也还没有整理成书，当然不能失去。在张看来，你既嫁我，你的身体连同你的一切都归我所有，为我支配，你还会有什么独立的追求？两人先是在文物支配权上闹矛盾，渐渐发现志向情趣大异，真正是同床异梦。张汝舟先是以占有这样一个美妇名词人自豪，后渐因不能俘获她的心，不能支配她的行为而恼羞成怒，最后完全撕下文人的面纱，拳脚相加，大打出手。华帐前，红烛下，李清照看着这个小白脸，真是怒火中烧。曾经沧海难为水，心存高洁不低头。李清照视人格比生命更珍贵，哪里受得这种窝囊气，便决定与他分手。

原来，张汝舟在将李清照娶到手后十分得意，就将自己科举考试作弊过关的事拿来夸耀。这当然是大逆不道。李清照知道，只有将张汝舟告倒治罪，自己才能脱离这张罗网。但依宋朝法律，女人告丈夫，无论对错输赢，都要坐牢两年。李清照是一个在感情生活上绝不凑合的人，她宁肯受皮肉之苦，也不受精神的奴役。一旦看穿对方的灵魂，她便表现出无情的鄙视和深切的懊悔。她在给友人的信中说："猥以桑榆之晚景，配兹驵侩之下材。"她是何等刚烈之人，宁可坐牢也不肯与"驵侩"之人为伴。这场官司的结果是张汝舟被发配到柳州，李清照也随之入狱。可能是李清照的名声太大，当时又有许多人关注此事，再加上朝中友人帮忙，她只坐了九天牢便被释放了。但这在她心灵深处留下了重重的一道伤痕。

此后，她就在孤寂中，度过了自己的一生……

薛王出降民不降，屋瓦乱飞如箭镞
——赵光义毁灭太原城

过晋阳故城书事

元好问

惠远祠前晋溪水，翠叶银花清见底。

水上西山如挂屏，郁郁苍苍三十里。

中原北门形势雄，想见城阙云烟中。

望川亭上阅今古，但有麦浪摇春风。

君不见，系舟山头龙角秃，白塔一摧城覆没。

薛王出降民不降，屋瓦乱飞如箭镞。

汾流决入大夏门，府治移著唐明村。

只从巨屏失光彩，河洛几度风烟昏。

东阙苍龙西玉虎，金雀觚棱上云雨。

不论民居与官府，仙佛所庐余百所。

鬼役天才千万古，争教一炬成焦土。

至今父老哭向天，死恨河南往来苦。

南人鬼巫好禨祥，万夫畚锸开连岗。

官街十字改丁字，钉破并州渠亦亡。

几时却到承平了，重看官家筑晋阳。

元好问的这首咏史诗《过晋阳故城书事》，感叹的是宋初毁灭太原城的愚蠢举措。

赵光义即位后不久，就对人恨恨地说："太原，我一定要攻取它！"为了攻克太原，赵光义可谓处心积虑，呕心沥血了。他整整花了两年的时间进行各方面的准备工作。

宋军先在今太原北面的石岭关附近打了一场胜仗，继而又攻破祁县、岚州、石州，太原几乎成为一座孤城。

然而，太原城毕竟身经百战，周围四十里，城高而坚固，易守难攻。此时又缺水，不可能用水灌，只能靠人硬攻，而人攻宋军势必损失惨重。

于是，宋太宗亲自起草了一篇有趣的劝降诏。它没有咄咄逼人的词句，而是恭维北汉皇帝刘继元"素怀英气"，又以封王封侯"必保始终富贵"相劝。

刘继元果然动心了，夜里派人送来降书。第二天一早率领官属戴白衣纱帽在太原城北连城台下向太宗皇帝俯伏请罪。

小小的北汉，仅占据山西的三分之一，就与庞大的北宋王朝抗衡了 29 年。最后北宋还是以高官厚禄劝降，才算将其灭亡。

太原城屡攻不下，着实使赵光义大为恼火；北汉皇帝刘继元投降后，太原城的居民居然爬上房顶揭瓦打进城的宋军。正如元好问诗云："薛王出降民不降，屋瓦乱飞如箭镞。"

赵光义既恨太原城坚固难攻，更恨太原军民顽强抵抗，认为中央集权强盛时，太原地区最后才臣服；中央集权弱时，太原地区最先搞叛乱。最让赵光义不自在的是，他看到从隋末以来，几位开国君主全是凭据太原而后登上龙椅，认为这里是龙城。既然如此，留着这个祸患还有何用？于是，赵光义下诏毁掉太原城。

赵光义先纵火焚烧。"万炬皆发，官寺民舍，一日俱烬。"如此还不解恨，第二年又引汾水、晋祠水冲灌。几番折腾之后，历经春秋、战国、汉唐一千余年的古城雄关太原，化为一片焦土，一片废墟。

要说至此该罢手了吧，可赵光义还是不放心，将太原城迁到唐明镇（今太原西羊市一带）后，还把新城的街道都修成丁字形。丁与钉谐音，赵光义认为，城里到处是丁（钉），龙城的龙脉就被钉死了。太原城主不会再出真龙天子与之争夺江山了。直到今天，太原城里还有许多丁字街。

赵光义又将太原城降了"职"，由府级降到州级。

至此，赵光义才算出足了心头的这口窝囊气……他心满意足地回东京汴梁做他的皇帝去了，却将骂名留在太原。

偶应非熊兆，尊为帝者师
——姜太公钓鱼

太公钓渭图

刘基

璇室群酣夜，璜溪独钓时。

浮云看富贵，流水淡须眉。

偶应非熊兆，尊为帝者师。

轩裳如固有，千载起人思。

"太公"，即周初的姜尚，又称姜子牙。姜太公用直钩不挂鱼饵钓鱼，愿意上钩的鱼，就自己上钩。比喻心甘情愿地上圈套。

太公姓姜名尚，又名吕尚，是辅佐周文王、周武王灭商的功臣。他在没有得到文王重用的时候，隐居在陕西渭水边一个地方。那里是周族领袖姬昌（即周文王）统治的地区，他希望能引起姬昌对自己的注意，建立功业。

太公常在番溪旁垂钩。一般人钓鱼，都是用弯钩，上面接着有香味的饵食，然后把它沉在水里，诱骗鱼儿上钩。但太公的钓钩是直的，上面不挂鱼饵，也不沉到水里，并且离水面三尺高。他一边高高举起钓竿，一边自言自语道："不想活的鱼儿呀，你们愿意的话，就自己上钩吧！"

• 165 •

一天，有个打柴的来到溪边，见太公用不放鱼饵的直钩在水面上钓鱼，便对他说："老先生，像你这样钓鱼，100年也钓不到一条鱼的！"

太公举了举钓竿，说："对你说实话吧！我不是为了钓到鱼，而是为了钓到王与侯！"

太公奇特的钓鱼方法，终于传到了姬昌那里。姬昌知道后，派一名士兵去叫他来。但太公并不理睬这个士兵，只顾自己钓鱼，并自言自语道："钓啊，钓啊，鱼儿不上钩，虾儿来胡闹！"

姬昌听了士兵的禀报后，改派一名官员去请太公来。可是太公依然不管理，边钓边说："钓啊，钓啊，大鱼不上钩，小鱼别胡闹！"

姬昌这才意识到，这个钓者必是位贤才，要亲自去请他才对。于是他吃了三天素，洗了澡换了衣服，带着厚礼，前往番溪去聘请太公。太公见他诚心诚意来聘请自己，便答应为他效力。

后来，姜尚辅佐文王，兴邦立国，还帮助文王的儿子武王姬发灭掉了商朝，被武王封于齐地，实现了自己建功立业的愿望。

当年赵括轻秦人，降卒秦坑化为土
——只会纸上谈兵的赵括

长平戈头歌

陶凯

长安野人凿地得古戈，上有疑字岁久俱灭磨。

惜不能如丰城古刹射斗牛，吁嗟戈乎奈何！

但见青铜凝霜暮烟紫，月黑山深夜飞雨。

恨血千年犹未销，荒郊夜夜啼冤苦。

当年赵括轻秦人，降卒秦坑化为土。

嗟哉赵亡秦亦亡，落日长城自今古。

摩挲尔戈一问之，令人为尔生愁思。

何不以尔为钟镶，何不以尔为鼎彝？

吁嗟戈乎徒尔悲！尔今还当太平世。

人间销兵铸农器。愿尔吾皇千万年，终古不作戈与铤。

赵括的父亲是赵国有名的将领，名叫赵奢。赵奢一生带兵打仗，为赵国立下了大功劳。赵括在父亲的影响下，也喜爱军事，从小就读了不少兵书。

父子在一起，讲起带兵打仗，赵括总是滔滔不绝，讲得天花乱坠，引经据典，有板有眼的。没有人不敬佩他的口才。赵括常以此沾沾自喜，俨然以"军事家"而自居。

赵奢却经常说他儿子，只是纸上谈兵，根本不能带兵打仗。临终前，赵奢留下遗言，千万不能让赵括当将军。若是赵国国王一定要赵括当将军，后果一概与赵家没有关系。

数年后，赵国与秦国发生了一场大战争。

秦国派王龁为大将，打了几个胜仗。赵国派出老将军廉颇，战局很快陷入僵持状态。

廉颇深明兵法，令赵国大军坚壁不出，使秦兵进不能进，退不能退。令秦军一筹莫展。

秦国丞相范雎想出恶毒的反间计，令人收买了赵王的左右，向赵王说："廉颇老了，胆子小了，气力也没有了，怎么能当将军，指挥军队与秦军作战呢？他是胆小害怕，才只守不战的。"

历史上的权势者们总爱听奸人之言，赵王听了左右的奸言，马上决定罢掉廉颇的大将军职务，让赵括去代替他。

赵括被封为将军，向赵王夸下海口，说他打败秦军就像秋风扫落叶一样。赵王听了十分高兴，就赏赐了许多钱财给他。赵括马上全部运回了家中。

他母亲知道后，立刻去见赵王，把赵奢的临终遗言告诉了赵王。赵王坚持要赵括当将军，只好答应了赵母的请求，若赵括战败，不追究赵家的责任。

带着一箱兵书和20万人马，赵括来到前线，接替下了老将军廉颇。

王龁猛听得又来了这么多敌军，心头怦然一惊，又一听来的是赵括，不禁仰天大笑："哈哈，是那纸上谈兵的赵括呀！"

秦军得知赵括做上主将后，马上暗地把赵括最害怕的白起派到战场统帅全军。决定将赵国的大军全部歼灭。

白起深知赵括的本领和性格，先派出三千人马，故意被赵括打得落花流水。然后，装出退却的样子，暗中设下埋伏。

赵括打了个小胜仗，便自以为是起来了，把白起看成不堪一击的手下败将。

赵军将领中有人觉得秦兵败得奇怪，恐怕其中有诈，催马赶到赵括身边劝道："秦兵诡计多端，败得如此之快有点不可思议，莫非另有奸计，我看元帅还是别追为好！"

赵括向来自以为是，接连两仗打得顺手，早被胜利冲昏了头脑，哪里听得进去。只见他满脸通红骑在马上，高声嘶喊："给我冲！杀！"前面秦将秦兵一阵风地钻进寨里，寨门立刻关闭。赵军刚靠近寨门就被乱箭穿身射死一大片。赵括立在寨前大骂："王龁，快快出来送死！"里面一点动静也没有。

他哪里知道这时调动秦兵的大元帅不是王龁，而是令列国兵将闻风丧胆的白起将兵。他正准备攻寨，忽然快马来报："后面的大军被秦人拦腰截断分割包围。"

赵括顿时吓出一身冷汗，大怒道："好一个王龁，竟然釜底抽薪背后捅我小刀子。将士们，给我回去救。"说罢率兵回师，刚行不到三里，又被一路秦兵拦腰杀来，刚一交手，死伤几万人。这时，秦军一将高声喊道："赵括，你给我听着，你中了我家白起元帅的计了，快投降吧！"

一听白起带兵杀进阵来，赵括好像脑门上挨了一铁锤，坐在马上像魂儿出了窍，半天说不出话来。转念一想，兵书上说：兵不厌诈也，对，秦兵是故意拿白起的名字吓唬我。王龁呀王龁，这点小计能骗我吗。想到这，他又强打着精神声嘶力竭驱赶着兵马向前冲。士兵们听见敌将白起的名字早吓得腿发软，哪敢恋战。向前冲了一阵，又丢下几万具尸体败下阵来。赵括见情况不妙，急忙鸣金收兵，一员副将急忙阻止说："元帅，可不能收兵，拼死也要杀一条血路冲出去，迟了前后被敌包围想冲出去也来不及啦。"

秦军又是假意败逃，在长平把赵国大军围住，大战四十六天，赵国四十余万大军，死伤大半。赵括拼命突围，被秦军杀死，首级吊在高处，余下的赵国士兵，也只好投降了。

而这二十万降兵，一夜之间也被秦兵全部消灭。